MORTE na LUA

Para sempre minha primeira leitora,

minha força e minha alegria.

Amo-te, Lívia.

"Somos como a Lua, temos um lado oculto a qual nunca
mostraremos a ninguém"

Mark Twain

1

Dr. Eduardo ainda sentia um frio na barriga e odiava a ideia de saber onde estava. Apesar de todo o conforto e toda a atenção que recebia por parte das pessoas ao seu redor, a sensação de arrepio ainda corria por sua espinha. E isso o deixava em um estado de alerta fora do normal.

Tudo começou com uma mensagem que havia recebido de seu superior dois dias antes. Apesar de ser um amigo de longa data, o contato do Dr. Vargas era puramente profissional. Combinaram de se ver algumas horas depois da breve troca de mensagens, onde conversariam acompanhados de uma refeição tranquila com os tradicionais petiscos e cerveja gelada em um bar sossegado em uma esquina das ruas do Rio de Janeiro.

-- Edu, como vai amigo? – disse Dr. Vargas, dando um abraço e fortes tapas nas costas que era possível de se ouvir do outro lado da rua. Apesar de Dr. Vargas ser um pouco mais baixo que Eduardo, Vargas tinha uma força física impressionante e que deixara as costas dele ardendo por alguns segundos – desculpe tirá-lo de suas merecidas férias, mas precisava conversar com você.

-- Fique sossegado, Vargas. Estava de bobeira em casa. Me conte, o que houve?

-- Calma, vamos pedir algo para comer. Amo o Rio, mas não dá para fazer as coisas aqui sem uma cervejinha gelada na garganta – disse, entre risos, chamando o garçom.

Após uma troca de conversas miúdas, risos e indignação por parte da política nacional e internacional, Vargas mudou um pouco o tom. Conhecendo o amigo, Eduardo se arrumou na cadeira, e esperou para descobrir finalmente o motivo de tê-lo tirado de suas férias.

-- Edu, me acordaram hoje com uma notícia, uma notícia bem ruim. Me informaram que uma pessoa, um brasileiro, morreu na Lua.

-- Sério, mas que coisa mais triste. Meus sentimentos aos familiares – disse Eduardo com pesar – era alguém de sua família? – perguntou, apontando levemente para seu amigo segurando o copo de cerveja na mão. O ar úmido e quente deixava o copo gelado todo molhado, formando vários círculos de água na mesa.

-- Não, não era ninguém que eu ou você conhecesse. Mas acho que você não entendeu o que realmente estou dizendo. Ele foi encontrado morto, mas parece que alguém o matou.

-- Como é?

Eduardo ficou com o copo de cerveja na mão, no meio da distância entre a mesa e sua boca, tentando entender o que Vargas havia acabado de dizer. A colônia humana na Lua, um projeto gigantesco que começara em operação pelos EUA e, depois do sucesso, foi sendo organizado pela ONU com o apoio de vários países, tinha como objetivo manter uma constante população humana por lá, que servia tanto para pesquisas científicas, como um ponto de abastecimento e salto de foguetes que tinham Marte como destino final. Atualmente os voos até a

Lua eram feitos regularmente, levando pesquisadores e, principalmente, turistas, que queriam se aventurar no espaço.

-- Isso mesmo que você ouviu, Edu.

-- Uma pessoa foi morta na Lua? Mas isso não pode ser verdade – Eduardo ainda se mostrava incrédulo. Ele sabia que, desde que a colônia foi aberta na Lua em 2052, todas as quase 100 mortes registradas por lá nos últimos 35 anos foram todas naturais, sobretudo vítimas de infarto. Um único caso ocorrido há alguns anos de uma morte que ocorrera na Lua e que se tratou de um acidente de trabalho foi quando a cápsula de um dos trabalhadores rompeu e acabou ejetando a pessoa para vários metros de distância. Apesar da gravidade lunar ser menor que na Terra, sua aterrissagem foi violenta e ele acabou fraturando o pescoço.

-- Acredite, Edu. Pode registrar em seu bloco de anotações: dia 12 de agosto de 2087, o primeiro caso de assassinato na Lua.

-- E por que você está me contando isso?

-- A morte foi de um brasileiro. Pela legislação internacional, morte natural pode ser periciada por um médico de qualquer país-membro das Nações Unidas e encaminhado posteriormente para o país da pessoa. Mas, em caso de morte acidental ou criminosa, a jurisdição é do país da vítima. Assim, a gente tem um caso nas mãos.

-- Ah, não... – Eduardo fitou Vargas, já prevendo onde aquela conversa toda iria levar.

-- E você é o melhor perito criminal que conheço. Amanhã eu e você partiremos para Alcântara para nos prepararmos para ir para a Lua.

Eduardo relembrava a história toda enquanto olhava pela janela da cabine onde estava. Vargas estava de seu lado, examinando uns papeis eletrônicos enquanto degustava de um café. Sua atenção voltou para a realidade quando viu a imensa bola que ele chamava de Lua crescer em sua direção enquanto o piloto do foguete realizava as primeiras manobras de aproximação.

"Eu odeio voar", foi a única coisa que pensou antes de recostar novamente na cadeira e tentar esquecer que estava há zilhões de quilômetros de qualquer coisa que lembrasse um chão.

2

Pela legislação internacional, voos comerciais ficavam proibidos de transitar pelo lado oculto da Lua. Os motivos iam desde a escuridão de rádio, já que a Lua impedia que qualquer sinal, seja do foguete ou da Terra, fossem trocados. Em caso de acidente ou algum pedido de socorro, essa sombra seria fatal. Outra razão para o impedimento eram pesquisas científicas importantes conduzidas nessa área e a ausência de sinais de rádio da Terra ou de foguetes permitiam observar de forma mais clara o espaço.

Assim, a aproximação de um foguete à Lua que poderia ser feita orbitando o satélite natural, precisava ser feito de outra forma, geralmente se aproximando em um movimento circular bem amplo, em forma de parafuso. Esse processo, que visava trazer mais conforto e segurança, para reduzir a altíssima velocidade do foguete para pousar corretamente no espaçoporto da Lua, acabava tendo o inconveniente de aumentar o tempo total de chegada até o corpo celeste.

Eduardo estava começando a ficar cansado de ficar preocupado o tempo todo e resolveu reler os documentos sobre o caso. Com certeza isso o ajudaria a passar o tempo e permitiria memorizar com clareza o que se sabia até então sobre a morte do brasileiro na Lua.

Olhando para o lado, viu Vargas conversando alegremente através de uma videochamada com alguém. Estava entretido e não viu Eduardo pegar um dos papeis eletrônicos que estava em cima de uma das mesas de assento abertas. Viu que todos os documentos que precisava ler já tinham sido baixados no papel eletrônico. Bastava ele fazer sua assinatura com o dedo no papel que todos os documentos que ele tinha permissão já ficavam disponíveis instantaneamente. O bom é que, caso houvesse atualizações no caso, o papel eletrônico baixava uma atualização assim que disponível. Naturalmente, Eduardo nem precisava se preocupar em recarregar o papel eletrônico já que carregadores de energia sem fio eram tão populares que até mesmo era possível recarregar seu dispositivo na praça ou dentro de um ônibus enquanto se deslocava. Ele sorriu quando lembrou de que, algumas décadas atrás, equiparam o monte Everest com essa tecnologia e que a notícia rodou o mundo.

Abriu a pasta com o "criativo" nome 'Morte na Lua'. Assim que abriu, havia um arquivo escrito 'leia-me'. Pelo desenho do ícone que acompanha o 'leia-me', ele já sabia que se tratava de um programa de inteligência artificial que reunia de forma resumida os principais pontos de vários documentos, reunindo as informações a partir de várias fontes. Não substituía uma boa investigação, mas ajudava a inteirar as pessoas que estavam sendo apresentadas ao caso pela primeira vez, como era o seu.

Tocou no ícone 'leia-me' e o papel mudou de tom, para se tornar mais confortável à leitura. O software sabia que o usuário que o havia desbloqueado – no caso, Eduardo – tinha preferência em ler documentos em tom sépia e com fontes em serifa.

-- Muito bem, vamos lá... – disse, lendo o documento. Tinha uma certa mania de ler em voz baixa alguns pontos importantes, já que acreditava que absorvia melhor as informações enquanto as falava – no dia 12 de agosto de 2087, às 9h21 na hora local, 6h21 na hora de Brasília, o geólogo lunar Dr. Juliano de Souza, brasileiro de Ouro Preto, Minas Gerais, formado em geologia pela Universidade Federal do Rio de Janeiro, doutor em geologia lunar pela mesma instituição, foi encontrado morto em seu aposento 129B do setor B de moradias lunar após não ter aparecido em seu trabalho no Tranquillitatis Geology Laboratory (TGL).

"De acordo com relatos colhidos no dia, colegas de De Souza viram que ele não comparecera ao TGL na hora marcada. Neste dia, de acordo com os registros, estava programada uma expedição de coleta de material lunar em uma das depressões do Mar da Tranquilidade, situado cerca de 100 quilômetros do laboratório e ponto de encontro da equipe. A informação constava na ficha de requisições de saída da colônia lunar para fins científicos e aprovada pelos diretores da instituição.

"Preocupados com a ausência de De Souza, a inglesa Dra. Audrey Christie, geóloga lunar formada pela Universidade de Oxford, solicitou que a equipe de segurança interna do setor B de moradias lunar fossem averiguar a situação de De Souza, visto que ele não atendia seus telefonemas e nem retornava suas mensagens. Os registros de telefonemas feitos a partir do terminal localizado dentro de uma das salas do TGL confirmam o testemunho de Christie, somado aos registros de telefonemas não atendidos que foram enviados ao aposento 129B. Devido as limitações da investigação, não foi possível confirmar se Christie enviou mensagens para De Souza durante o período informado por ela.

Um dos seguranças do setor B chegou à porta do aposento 129B e, após várias tentativas sem sucesso de ser atendido, foi autorizado o arrombamento da porta. Todos os corredores que levam para todas as moradias do setor B possuem câmeras e as análises de vídeo apontam que o segurança tentou contato com o interior do aposento 129B por 1min47s. Os registros internos da segurança confirmam o recebimento de autorização de arrombamento após esse período.

O corpo de De Souza foi encontrado no corredor que liga à sala comum ao quarto, sendo esse o sentido em que o corpo foi encontrado, indicando que ele estava se deslocando entre esses cômodos no momento da morte."

Eduardo parou e releu mentalmente essa parte. "Ele foi encontrado caído no corredor? Ele estava indo de um lugar para o outro e simplesmente morreu?". Voltou a ler novamente. Nesse momento, estava tão absorto na leitura que não reparou que Vargas estava ao seu lado, acompanhando a leitura em voz baixa dele.

-- De acordo com a perícia feita em seu corpo, a hora provável da morte ocorreu entre 22h e 00h, no horário local, 19h às 21h no horário de Brasília. Como o hospital e centro clínico da base lunar não foi desenhado para perícias criminológicas, os dados sobre a *causa mortis* são limitados até o presente momento, sendo o relatório parcial assinado pelo médico Dr. Michael Armstrong como sendo mal súbito seguido de morte. Amostras foram enviadas para a Terra no expresso do dia 13 de agosto de 2087 e aguardam processamento pelo Instituto Médico Legal (IML) brasileiro.

"O corpo de De Souza foi identificado e confirmado por Christie e por mais um colega pertencente ao TGL, o espeleólogo lunar Clayton Christensen, germano-americano formado pela Universidade de Harvard. O corpo de De Souza aguarda liberação pela equipe técnica da colônia lunar, que deverá ser feita após a investigação conduzida pela polícia brasileira."

-- E aí? – perguntou Vargas, ao ver que ele tinha concluído a leitura da parte mais importante do documento. A pergunta assustou Eduardo, que deu um pulo no assento que ocupava.

-- Meu Deus, Vargas, não chegue assim do nada – disse, se recompondo. Olhou mais uma vez para o papel eletrônico em sua mão e disse, como se pensasse para si mesmo – a princípio parece uma morte natural. Ele pode ter simplesmente tido um mal súbito e ter morrido. O jeito como o corpo foi encontrado parece indicar isso. Contudo...

-- Contudo?

-- A perícia feita pelo pessoal da Lua sempre conseguiu identificar a morte das pessoas na colônia com sucesso e, por isso, eles deveriam ter identificado a causa dessa morte também.

-- Como eles não identificaram...

-- Eles devem estar suspeitando de algo e não quiseram formalizar suas suspeitas nos documentos ou não fazem a mínima ideia do que se trata.

-- Pode ser... mas você quer saber uma coisa que não está escrito aí?

-- O quê?

-- Sabe quem pediu para que fosse aberto a investigação de suposto assassinato na Lua?

Eduardo fitou Vargas longamente. Vargas adorava trazer alguma informação para Eduardo quebrar a cabeça de última hora.

-- Foi essa tal de Christie que aparece aí, a amiga de trabalho dele.

-- Sério? Pensei que tivesse sido a diretoria ou a equipe médica da colônia lunar que tivessem pedido a investigação.

-- Pois é. Parece que eles não querem nenhuma dor de cabeça na colônia lunar, não é mesmo? – disse Vargas, se afastando de Eduardo e se reclinando confortavelmente em seu assento, enquanto fazia um movimento com as mãos para pedir mais um café para o comissário de bordo do foguete.

-- Pensei em ver o corpo primeiro ou até mesmo onde ele morava. Mas acho que vou começar por outro lugar – disse Eduardo olhando para o nada.

Vargas virou-se para Eduardo com um breve sorriso nos lábios. Sabia que seu amigo agora estava mais do que interessado em saber o que havia acontecido com o brasileiro na Lua.

3

A colônia humana na Lua era o resultado de um esforço impressionante de milhares de homens e mulheres que empreenderam tempo, conhecimento e muito dinheiro para transformar em realidade o tão antigo sonho de humanos habitarem de forma fixa fora do planeta Terra. Algumas pessoas estavam na Lua havia mais de 15 anos. Um dos primeiros pesquisadores sobre a ação da baixa gravidade da Lua nos corpos humanos era um deles. O famoso médico americano Dr. Oliver Hills tinha 42 anos e metade dele havia vivido na Lua, um marco impressionante.

Mas muitos cientistas e profissionais que iam para Lua ficavam em períodos bem menores, geralmente entre seis meses a dois anos. Alguns técnicos passavam mais tempo, mas poucos ficavam mais que cinco anos. A família e amigos na Terra e a própria vivência humana clamavam para o retorno ao planeta que viam de forma constante no céu sempre noturno da Lua.

Apesar das limitações psicológicas que muitos eram forçados a passar, a experiência de ir à Lua era impressionante. Tanto que a primeira empresa a conseguir licença para enviar turistas para curtas temporadas de uma semana ao satélite natural da Terra já tinha uma lista de espera de quase dois anos, mesmo os ansiosos turistas sabendo que precisavam desembolsar uma boa quantia de dinheiro para esse passeio interplanetário.

Eduardo era um daqueles que, como qualquer humano, tinha curiosidade em saber como era andar na Lua, apesar de seu medo de voar. Mas, mesmo assim, sabia que com o seu salário, ele precisaria passar alguns anos sem comer para comprar um pacote básico de turismo lunar. Querendo ou não, a investigação do possível caso do brasileiro morto na Lua poderia ser a oportunidade única que ele tanto esperava.

Por isso, não escondeu o sorriso e a surpresa ao sentir sua passada mais leve e a sensação de pesar muito menos do que realmente pesava. Como um bom perito cientista, sabia que a passada mais leve era devido à baixa gravidade da Lua, que fazia seu impulso que seria normal na Terra ter uma força de deslocamento bem maior. A mesma baixa gravidade fazia sua massa ter menos peso, o que fazia sentir mais leve. Até o enjoo que teimava em subir pela garganta tinha algo de diferente. Perder o equilíbrio era tão fácil que chegava a ser cômico.

Apesar de já querer começar alguns trabalhos, Eduardo foi aconselhado a ir para seu quarto e descansar. Poderia não parecer, mas mesmo viagens de alta velocidade e toda a mudança de condições estavam colocando seu corpo no limite e ele precisaria descansar um bocado.

Originalmente a colônia lunar foi pensada como uma grande cúpula científica, que foi se expandindo em braços por todas as direções do núcleo, ficando com alguns bons quilômetros de área total. As moradias eram divididas originalmente em setores A e B, onde a maioria dos cientistas tinham seus quartos e seus momentos privativos. Com o advento do turismo lunar, um setor C foi criado separadamente. Um pouco mais elegante e com alguns atrativos, os alojamentos dos turistas eram maiores e com um pouco mais de conforto. Dependendo do preço que se pagava no pacote, poderiam até mesmo ter o privilégio de reservarem uma suíte master, que consistia em um quarto com uma cúpula particular, onde se poderia ver toda a extensão da Lua, o céu noturno e a bola azul de onde todos tinham saído pairando sobre suas cabeças.

Foi destinado a Eduardo o quarto 54A, do setor A. Apesar de pensar que encontraria um quarto simples, ficou contente em ver que os pesquisadores tinham algum tipo de conforto na Lua. O quarto era minúsculo, claro. Mas a cama era boa, tinha uma TV que se ligava via cabo até a antena de amplo alcance dedicada para as comunicações de entretenimento com a Terra e ficou surpreso que havia uma pequena cozinha – mesmo havendo um amplo refeitório –, com micro-ondas e uma cafeteira elétrica – que ele imaginava ser uma das paixões de qualquer pesquisador –. Havia bocais que saíam água potável e até mesmo opção de água quente ou gelada. O banheiro parecia uma caixa de fósforo, mas tinha um chuveiro com água forte e um vaso que ele julgava ser bem normal, por achar que estava na Lua e não na Terra.

Caminhou até o cômodo principal do quarto e ficou impressionado que o pequeno quadro na parede era, na verdade, uma tela que podia ser personalizada. Provavelmente quem ia para Lua para passar meses ou anos adoraria reproduzir fotos e momentos que tinha na Terra e até mesmo com novos amigos que criava no satélite natural. Apesar de ser um uso óbvio da tela, ela também trazia informações importantes sobre a colônia lunar, incluindo um mapa geral de todas as instalações. Com alguns toques na tela, descobriu que podia fazer um download completo do mapa para seu papel eletrônico, onde ele conseguiria estudar com mais calma e entender melhor como a colônia se organizava.

Deitou-se na cama e ficou surpreso como, em questão de minutos, sentiu seu corpo ficar pesadíssimo e percebeu que realmente deveria estar mega cansado. Nem teve tempo de colocar qualquer tipo de despertador para acordá-lo.

4

-- O que foi? – disse Eduardo, sentindo seu corpo sendo chacoalhado firmemente.

-- Por Deus, homem – disse Vargas, segurando seus ombros, seguido de um sorriso meio torto nos lábios – pensei que você tinha morrido.

-- Mas o que aconteceu? – respondeu, meio zonzo.

-- Você não atendia o telefone e nem quando batemos à porta. Pedi para o pessoal da segurança abri-la e vi você todo torto na cama.

-- Oh... – lembrou-se de ter deitado na cama e simplesmente apagado – desculpe, Vargas. Acho que cai no sono mais rápido do que achava ser possível.

-- Bem-vindo à Lua, meu caro. Você passou as primeiras 10 horas nela dormindo.

-- Fiquei tudo isso? – questionou surpreso. Levantou-se em direção ao banheiro para jogar um pouco de água no rosto para afastar o resto de sono que estava impregnado nele.

-- Vamos, não temos tempo. Temos que descobrir o que está acontecendo agora!

-- Mas por que essa pressa?

-- Sua possível testemunha, a Dra. Audrey, está internado com a vida por um fio.

-- O quê?

O sono de Eduardo sumiu dele como um passe de mágica.

* * *

-- Mas que merda, Vargas. Eu sabia que tinha que falar com ela assim que pusesse os pés nesse lugar. – disse Eduardo, irritado com a situação, andando rapidamente ao lado de Vargas pelos corredores da colônia humana. Caminhavam em direção à cúpula de saúde da colônia, onde ficava o hospital.

-- Eduardo, não seja idiota. Você iria dormir na frente dela em questão de minutos. Além disso, quem iria prever que ela iria ser internada.

-- Você tinha que ter me avisado o quanto antes.

-- Fiquei sabendo há pouco tempo também. O pessoal do hospital sabia que queríamos falar com ela por conta da morte do Juliano e me informaram. Não tenho culpa nisso.

Eduardo deu uma olhada levemente nervosa para Vargas, que deu de ombros para a situação.

A colônia humana era uma das maiores empreitadas da engenharia humana moderna. Apesar de irritado, Eduardo andava e observava a construção ao seu redor. Tudo começou ainda no século XX e XXI, quando a humanidade sonhava com a ideia de criar morada no espaço. Os EUA, em 2041, começaram de vez com o projeto ambicioso. Em diversas viagens usando novos foguetes leves, seguros, reaproveitáveis e muito mais baratos, as primeiras estruturas começaram a ser erguidas. Em pouco mais de três anos, uma estrutura de quase 20m² totalmente climatizada e habitável estava pronta na Lua. Atualmente, alguns alojamentos na própria Lua eram maiores que 20m². A colônia humana hoje possui quase 1km² de área construída e utilizável, tirando ainda áreas construídas no lado externo, como o espaçoporto e todo o sistema de produção de energia com enormes painéis solares que se estendem por centenas de metros e enormes geradores para a produção e reciclagem de água e ar, perfurando blocos de gelo em braços que se estendem por todas as direções.

A colônia humana nada mais era que uma versão reduzida de um bairro ou, como alguns viam, uma empresa gigantesca. Além dos setores de alojamentos dos funcionários, pesquisadores e toda uma gama de pessoas que iam e vinham, havia um enorme setor de pesquisa científica dividida em vários departamentos destinados a conduzir pesquisas de ponta que quase sempre eram publicados em periódicos de alto impacto na Terra. Os editores da Nature, por exemplo, lançaram uma versão da revista que servia apenas para publicar trabalhos desenvolvidos na Lua. A Science, naturalmente, fez o mesmo em seguida.

Além da pesquisa científica, avanços em engenharia, tecnologia e produção de alimentos eram conduzidos na Lua, desde novas formas de construção e locomoção, passando por tecnologias que reaproveitava cada vez mais a água, o ar e a geração de energia elétrica. As melhores placas solares já feitas estavam na Lua. Apesar da colônia ainda não conseguir ser autossustentável, ela caminhava rapidamente para isso. A produção de alimentos para as quase seiscentas pessoas que viviam na colônia crescia a passos largos e muito do que foi aprendido em cultivares adaptados por melhoramento genético na Lua passaram a ser utilizados na Terra. Apesar dos habitantes da colônia chamarem um dos setores de produção de alimentos como "frigorífico", não havia um único animal de criação na Lua (exceto as cobaias utilizadas nas pesquisas). No "frigorífico", além de processar a carne *in natura* que chegava da Terra, o local produzia sua própria carne a partir do cultivo em laboratório. Naturalmente, parte da produção de carne na Lua voltava para a Terra como um produto exótico – e extremamente caro, por sinal.

Passaram pelo refeitório da Lua, um espaço compartilhado e amplo onde todos que estavam na Lua tinham acesso a um menu básico de refeições, passando pelo café da manhã, almoço e jantar. Havia opções alternativas, em que as pessoas desembolsavam uma certa quantia para comer algo diferente do menu tradicional da Lua. Máquinas de lanches e bebidas estavam espalhadas por todos os setores da Lua, mas as agências espaciais e os órgãos governamentais impediam a entrada de alimentos ricos em gordura e açúcares para venda na Lua. Ter problemas de saúde na Lua não é uma das opções. Assim, as máquinas geralmente tinham garrafas de água da Terra, bebidas sem açúcares, cafés e bebidas lácteas, enquanto as máquinas de lanches tinham snacks geralmente assados e barras de cereais. Ainda assim, a máquina registrava o nome de quem solicitava esses extras e casos de exageros exigiam atenção por parte dos nutricionistas que cuidavam da alimentação dos cientistas e funcionários da Lua. Estes profissionais eram rigorosos em seus afazeres, sempre dedicados em manter uma dieta balanceada e rica para que os corpos sofressem o mínimo possível com os efeitos da baixa gravidade e da atmosfera artificial da Lua. Muitos consideravam a restrição de comer e beber o que quiser como a segunda coisa realmente ruim em viver na Lua. Bebidas alcoólicas estavam proibidas, por exemplo.

Naturalmente os turistas tinham mais liberdade para comer e beber o que quisessem em sua rápida estadia pela Lua. Assim, não era incomum que cientistas e funcionários visitassem os turistas rapidamente para que houvesse um escambo entre eles. Os nutricionistas sabiam disso e ficavam irritados com esse comportamento e reclamavam com os diretores e responsáveis pela colônia humana. Estes também sabiam da situação, mas preferiam fazer vista grossa para a questão, já que a as trocas e compras de comida não permitida eram ocasionais e nada abusivas e evitava maiores descontentamentos. Claro que os próprios diretores da colônia humana eram vistos frequentemente visitando o setor dos turistas.

Os cozinheiros que ali viviam pertenciam a várias nacionalidades, já que pessoas de todo o mundo viviam meses na Lua e era preciso dar uma atenção especial a elas. A dieta dos nutricionistas podia ser rigorosa, mas ela não era nada ruim e respeitava a origem das pessoas. Havia atenção especial para pessoas com alguma alergia ou que apresentassem restrições de cunho religioso, como os judeus e muçulmanos. Apesar de serem minoria na colônia, era de bom tom esse tipo de cuidado para com a comunidade desses povos na Terra.

Terminado de passar pelo refeitório, Eduardo viu Vargas parar abruptamente no meio do corredor e fez um breve sinal com as mãos para ele. Alguém estava ligando para ele. Eduardo imaginou o celular de Vargas conectado com a antena local dentro da colônia que trocava sinais com uma antena externa, que enviava e recebia sinais da Terra. O delay era inevitável, mas a qualidade da ligação era surpreendentemente boa.

Eduardo caminhou alguns passos de distância de Vargas para que ele pudesse conversar com quem quer que seja de forma mais reservada. Viu a área de academia e lazer que, naquele setor, era destinado apenas aos funcionários e pesquisadores. Por viverem muito meses na Lua, as condições do local criavam situações em que as pessoas perdiam densidade muscular e óssea. Assim, era obrigatório cumprir uma rotina de treino diário na Lua. Não bastava apenas usar as credenciais que permitiam destravar o acesso à academia, mas os equipamentos como esteiras e pesos, precisavam ser acessados com o uso das credenciais e os dados de uso eram todos armazenados. Assim, evitava a pessoa simplesmente desbloquear o uso, mas não o usar. Essa era considerada a primeira pior razão de viver na Lua.

O uso e acesso a qualquer coisa na Lua era registrado no sistema. Isso incluía o uso de carrinhos elétricos que levavam as pessoas de um setor a outro de forma rápida e cômoda. Mas era comum ver todos caminhando pelos corredores da Lua, já que caminhar era considerada atividade física e as distâncias entre os setores, quando feitos a pé, contavam como atividade diária. Assim, muitos ficavam semanas sem aparecer na academia simplesmente porque preferiam ficar andando para lá e para cá dentro da colônia.

Eduardo observava uma moça correndo na esteira presa por alguns cintos que a puxavam para baixo e criavam uma força em seu corpo semelhante ao que ela sentiria na Terra.

Alguns, que aproveitavam a estadia e realmente curtiam atividades físicas, usavam respiradores próprios que reduziam a concentração de oxigênio para os mesmos níveis que existem na atmosfera da Terra.

Vendo que Vargas havia terminado de conversar, continuaram a caminhar em direção ao hospital da Lua.

-- Tudo bem? – perguntou Eduardo.

-- Você diz sobre a ligação? Sim, claro... era minha esposa querendo saber como estava minhas férias na Lua.

-- Ah, claro – respondeu Eduardo, rindo.

Logo em frente viram a placa no corredor que indicava o caminho até ao hospital.

5

-- Bom, ela está em observação no momento. O que tenha ocorrido com ela já passou e está bem melhor agora.

Eduardo observava o jeito contido do médico que havia recebido a Dra. Audrey horas antes no hospital lunar. O inglês do médico carregava um forte sotaque alemão e Eduardo percebeu que Vargas estava com dificuldade em acompanhar o que o médico dizia atrás de todas as entonações.

-- Então ela está bem? – dizia Eduardo em inglês, tanto para confirmar a fala do médico, como para ajudar Vargas a entender a situação.

-- Sim, isso mesmo – confirmou o médico – Um amigo e um segurança a trouxeram dizendo que ela começou a ficar zonza e não falar coisa com coisa e que, minutos depois, desmaiou. Vimos que estava hipotensa e com bradicardia, seguido de respiração lenta.

-- Desmaiou e estava com pressão baixa e com batimentos cardíacos baixos – Eduardo viu o médico concordar com a cabeça – Vocês colheram amostras?

-- Claro, algumas coisas conseguimos fazer em nosso próprio laboratório aqui na Lua, mas algumas mais específicas apenas com nossa base em Terra. A amostra está reservada para o próximo expresso daqui algumas horas.

-- Entendi.

-- Ela pode receber nossa visita? – questionou Vargas.

-- Vocês podem falar com ela. A medicamos e ela melhorou um pouco, apesar de tratarmos os sintomas sem sabermos as causas.

Em seguida, o médico alemão levou Eduardo e Vargas até o quarto onde Dra. Audrey estava. Ficaram surpresos ao ver que ela estava acompanhada. O rapaz que a acompanhava, sentado na cama próximo aos pés da doutora, era um sujeito alto e levemente atlético, com cabelos loiros que passavam das orelhas que indicavam que ou estava deixando crescer ou precisava de um cabelereiro rapidamente. Fez um leve aceno com a cabeça quando os dois policiais brasileiros entraram no leito da Dra. Audrey, se restringindo a fixar seus olhos azuis piscina em ambos. Ela, ao contrário, expressou uma sincera felicidade em seus lábios quando os viu, deixando claro que não via a hora de contar com a ajuda dos policiais sobre a morte de seu amigo do Brasil.

-- Olá, sou Dr. Eduardo, perito criminal e este é Dr. Vargas, delegado encarregado do caso. Como está se sentindo, Dra. Christie?

Dra. Audrey ficou olhando para Eduardo por alguns segundos, o que fez pensar se ele tinha cometido alguma gafe enquanto se apresentava em inglês para uma autêntica britânica. Contudo, a doutora sorriu novamente.

-- Estou bem, senhores. Agradeço a preocupação. Fico feliz que tenham vindo para a Lua. Quero saber o que aconteceu com meu amigo Juliano.

-- Nós também, Dra. Christie.

-- Por favor, me chame de Audrey. Juliano me disse que odiava essas formalidades. Apesar de ser doutor, não gostava de ser tratado assim. Acabei me acostumando com a ideia.

-- Sim, penso o mesmo – ponderou Eduardo, observando de forma discreta a especialista à sua frente. Loira com cabelos curtos estilo longbob que indicavam algo que jamais iria passar na cabeça de Eduardo: havia um salão de cabelereiro na Lua. Provavelmente aquele cara estava deixando o cabelo crescer, pelo visto – bem, sinto muito pela perda de seu amigo e por estarmos nos conhecendo dessa forma.

-- Sim, infelizmente.

-- Bem, e o senhor? – disse Eduardo, se virando para o rapaz.

-- Sou Clayton Christensen, amigo de Audrey. Mas pode me chamar de Clay – respondeu com voz forte, apertando firmemente a mão de Eduardo e Vargas.

-- Bom, doutora... digo, Audrey. Espero que possamos entender o que se passou aqui na Lua com o brasileiro seu amigo e, para isso, gostaríamos de conversar de forma reservada com você por uns minutos.

-- Já disse a Audrey, mas ela é teimosa. Provavelmente foi alguma coisa boba que ninguém viu e ela está achando que alguém queria matá-lo. Aqui na Lua, querida?

-- Clay, por favor. Eu acredito que as coisas não são tão simples assim.

-- O senhor acredita que Juliano faleceu por causas naturais?

-- Claro que sim. Ele parecia sempre estar bem e tudo mais, mas sabe como é, coisas assim acontece na Terra o tempo todo. Como viemos de lá, também é para acontecer aqui. Foi uma fatalidade.

-- Apenas isso, Dr. Christensen? – Eduardo observou as expressões do homem que estava a sua frente. Estava calmo e mantinha a voz firme. "Para um cientista, entendo o que ele está pensando, mas ele está forçando demais a estatística nesse caso" – digo, o senhor acredita que ele simplesmente teve um mal súbito e os médicos legistas da Lua não identificaram?

-- Bom, não sei como eles trabalham. Eu sei como eu trabalho e vivi ao lado de Juliano nesses últimos meses. Ele vivia comendo besteira e forçando o corpo com coisas que...

-- Clay! – Audrey interrompeu Clayton com voz firme que surpreendeu Eduardo – você é um espeleólogo, não um perito criminal. Eles sabem o que fazem. Deixe-os investigarem, se eles não acharem nada, ao menos uma investigação que eu pedi para ser feita foi conduzida e me tira essa dúvida da cabeça. Por favor, quero saber o que houve com meu amigo...

Clayton ficou em silêncio por uns minutos e abaixou a cabeça. Para uma pessoa que conseguia se impor apenas estando no ambiente vê-lo daquela forma era, no mínimo, curioso. Eduardo olhou rapidamente para Vargas, que deve ter tido a mesma sensação. "Então o garotão é dobrado fácil por ela, aparentemente", ambos pensaram, cada um de uma forma.

-- Certo. Eu vou deixar vocês a sós. Espero que descubram logo o que aconteceu para a gente dar fim nessa história toda – disse Clayton, tocando na mão de Audrey e lhe dizendo melhoras, seguido de um aceno de cabeça para os brasileiros antes de sair do leito e fechar a porta atrás de si.

-- Peço desculpas por ele, senhores – disse Audrey – ele sempre foi pouco afeito a florear o que diz e tende a ser muito crítico. Ele não era próximo de Juliano, mas parece que o que aconteceu o abalou mais do que devia. Desde que Juliano morreu, ele passa ou o tempo comigo ou vagando sozinho pelos corredores da Lua.

Eduardo assentiu com a cabeça e viu que Vargas estava escrevendo algo em seu papel eletrônico.

-- Bem, Audrey, ficamos sabendo que foi você que solicitou a investigação da polícia sobre esse caso. Qual o motivo fez você pedir essa abordagem?

Audrey, que estava mais receptiva até então, se mostrou inquieta, o que fez Eduardo pensar se foi pelo fato de ter ido tão direto ao ponto.

-- Chegamos praticamente juntos na Lua, com alguns dias de diferença apenas. Tanto que no começo do próximo mês iríamos comemorar um ano de estadia aqui. Como éramos novatos na Lua, ficávamos juntos a maior parte do tempo e acabamos tendo rotinas similares em nossos trabalhos. Viramos amigos rapidamente e era comum um visitar o outro no fim do trabalho para comermos algo juntos ou... simplesmente bater papo, sabe.

"Na noite anterior ao... ao... ao encontrarem ele, eu havia estado em seu quarto para conversarmos. Falamos sobre a expedição que faríamos no dia seguinte e no andamento de nossos trabalhos. Trocamos ideias sobre os passos finais de nossos trabalhos aqui na Lua e como iríamos continuar com nossa amizade na Terra e essas coisas...

Eduardo viu Audrey segurando o máximo que podia algumas lágrimas que teimavam em rolar pela sua face. Vargas anotava algo enquanto Audrey falava, anexando informações ao relatório geral em seu papel eletrônico.

-- Os registros das câmeras de vigilância apontam que a senhora saiu do alojamento de Juliano por volta das 21 horas. A perícia indicou que a morte dele ocorreu pelo menos de uma a três horas depois disso. Apesar da perícia sempre indicar um horário aproximado com grande precisão, não podemos descartar a possibilidade de ter ocorrido enquanto a senhora estava com ele.

-- Está dizendo que fiz alguma coisa com ele? – disse Audrey, subitamente, se gesticulando de tal forma que um dos medidores sem fio preso em seu dedo saiu voando em direção ao chão. Um aparelho que exibia os valores captados pelo medidor começou a apitar ao lado de Eduardo – eu que mandei chamá-los aqui, eu que pedi para investigar pois achei a situação muito estranha. Ele estava superbem antes de sair do quarto dele e daí ele simplesmente morre? Isso não faz sentido... ele... – as lágrimas que corriam pela face não permitiram que ela concluísse mais nada.

Eduardo e Vargas permaneceram em silêncio por alguns segundos, dando espaço para Audrey em seu momento de luto. Nisso, uma enfermeira esbaforida abre a porta do quarto, preocupada com o aviso que recebeu em sua central de que um dos medidores daquele quarto acusava zero atividade e ficou aliviada ao ver que ele simplesmente estava jogado em um canto do quarto. Audrey balbuciou um pedido de desculpas para a enfermeira, que sorria enquanto colocava o medidor novamente em seu lugar.

-- Desculpe-nos, Audrey – disse Eduardo, após algum tempo esperando a situação se acalmar – é apenas parte da rotina fazer esses questionamentos. Peço que entenda a situação. Estamos em um possível primeiro caso de assassinato na Lua e provavelmente o que faremos aqui será seguido pelos demais futuramente.

-- Eu entendo a situação de vocês. Eu não teria implorado para vocês investigarem se não tivesse certeza de que ele foi morto.

-- Como você tem tanta certeza disso?

Audrey abriu a boca para falar algo, mas não soltou som algum. Imediatamente seu rosto, que até então estava lívido, ganhou tons avermelhados que a denunciaram sem mesmo precisar dizer nada.

-- Audrey, nossa função nesta investigação não é julgar ninguém. Apenas colhemos provas e as analisamos. Não há motivos para esconder nada de nós – disse Vargas, tentando manter um tom reconfortante em sua voz, mesmo não falando sua língua materna.

-- Eu sei, eu sei... – soltou levemente, enquanto expressava um leve sorriso nos lábios – a questão é que é um pouco embaraçoso contar isso que não seja para um amigo mais íntimo.

-- Façamos assim – disse Eduardo, vendo a situação que adentrara de forma clara – por ora, me diga o que for realmente importante para a investigação, tudo bem?

Audrey olhou para Eduardo por alguns segundos que deixou o perito a ponto de desviar o olhar. Os olhos azuis profundos da cientista eram hipnotizantes. Seria um cúmulo o pobre cientista brasileiro não ter se perdido naquela imensidão azul. Por fim, ela balançou a cabeça, em sinal de concordância. Baixou os olhos e passou a fitar as mãos, enquanto dizia. Eduardo olhou rapidamente para Vargas, que continua atento como sempre.

-- No dia em que tudo aconteceu, saímos do laboratório por volta das 16 horas. Em dias em que temos expedição fora da cúpula, trabalhamos menos no dia anterior justamente para descansar mais e organizar tudo de forma antecipada. Mesmo que façamos quase tudo lá fora com ajuda de robôs, a prospecção externa cansa bastante.

"Fui com Juliano em seu alojamento para conversar e ficar um pouco a sós. Bom... a gente passou... como posso dizer... passou um tempo... um tempo juntos, sabe? – com a cabeça ainda baixa, seus olhos se distraíam com seus dedos que passavam uns contra os outros. Mesmo ela não vendo, Eduardo consentiu entendendo o que ela queria dizer. De repente, ela elevou um pouco a voz – digo, apesar de dizerem que não podemos ter nada além de uma atitude profissional, essas coisas são difíceis, vocês entendem, não é? Passamos tanto tempo aqui que é difícil não gostar de alguém... e Juliano... bom... é... – as lágrimas correram em seu rosto novamente.

-- Audrey, fique tranquila. Todos somos humanos, entendemos perfeitamente – disse Eduardo, se aproximando dela. Aguardou novamente que ela se recuperasse.

-- Bom, fiquei com ele por esse tempo, vocês podem ver no registro das câmeras a hora exata que entrei e saí de lá. Ele estava super bem. Ficamos juntos, conversamos e comemos alguns petiscos das máquinas. Infelizmente não tinha nenhuma cerveja, então tivemos que nos contentar em dividir uma lata de Coca-Cola que conseguimos com os turistas... – ela parou quando percebeu que havia confessado uma conduta irregular dentro da cúpula.

-- Sabemos das regras gerais sobre alimentos aqui na Lua, Audrey. Mas não é nossa função denunciar ninguém acerca disso – ponderou Vargas, deixando claro que ela não precisava se preocupar com isso.

-- Além disso, é uma mísera lata de Coca. Até eu queria uma cervejinha num momento destes – soltou Eduardo. Sua fala surtiu efeito, fez Audrey rir. Era uma técnica manjada, mas eficaz de deixar o clima mais relaxado, assim as coisas fluem melhor.

-- Quando eu o deixei, por volta das 21 horas, ele estava bem e feliz. Eu o deixei comendo suas castanhas e amêndoas que ele tinha lá e antes de sair disse que ia tomar um banho e que nos veríamos no dia seguinte, para a expedição. Depois disso, vocês já devem saber o que aconteceu.

-- Então você garante que ele estava bem até o momento que saiu do alojamento dele.

-- Sim, bem até demais. Apesar de termos passado um tempo juntos, ele sempre ficava animado com essas expedições e conseguia tirar energia não sei de onde. Era uma das coisas que eu gostava nele.

A voz de Audrey morreu no fim da frase. Eduardo olhou para Vargas e ele entendeu que devia mudar um pouco a perspectiva das coisas.

-- Nos conte uma coisa, Audrey: o que aconteceu para estarmos conversando com você aqui no hospital?

Audrey suspirou fundo e levantou a cabeça, pensativa.

-- Não sei ao certo – respondeu – acordei mais cedo e comi alguma coisa que tinha em meu alojamento e fui me encontrar com o Clay no refeitório. De repente senti as coisas perderem foco e daí apaguei. Acordei aqui.

-- O Dr. Christensen trabalha com você?

-- Sim, ele é um excelente espeleólogo. Iria na expedição conosco, inclusive. Por que quer saber disso?

Eduardo puxou na memória. "Sim, já vi esse nome antes, é este 'Clay' que li no relatório que ajudou a Audrey a identificar Juliano".

-- Apenas curiosidade, senhorita – disse Eduardo, soltando um leve sorriso – aproveitando. O que a senhora comeu antes de ir se encontrar com o Dr. Christensen no refeitório? Se bem entendi, você comeu alguma coisa antes de ir se encontrar com ele, certo?

-- Sim, eu tomei uma bebida láctea das máquinas e comi umas amêndoas que Juliano havia me dado.

-- Amêndoas?

-- Sim, ele era apaixonado por elas. Vivia comendo. Sempre tinha nos bolsos, na mochila e dentro do seu alojamento. Eu nunca fui muito chegada nisso, coisa da época de criança que a gente come uma estragada, passa mal e depois nunca mais quer ver na frente. Apesar disso, ele sempre me oferecia e eu comia uma bolinha apenas para agradá-lo. No dia anterior à morte dele, ele me deu umas que estavam num pacote fechado.

-- Ele comprava nas máquinas automáticas que tem por aí?

-- Sim, ele vivia comprando. Mas o pacote daquela não era de máquina. Acho que ele deve ter conseguido com algum turista, não sei. Mas o que aconteceu é que peguei algumas amêndoas como sinal de gratidão e levei para casa. Hoje pela manhã, eu as vi perto da minha cafeteira e me lembrei de Juliano e comi algumas para saber como era sentir o gosto que ele sentia, sabe... – Audrey olhou para Eduardo com um leve sorriso triste – parece piegas, mas era uma forma de me lembrar dele.

-- Não é piegas, Audrey. Não é...

* * *

-- O que você está pensando, Edu?

-- Não tenho certeza, Vargas. Preciso pensar mais um pouco.

Estavam caminhando em direção ao setor B de alojamentos, mais precisamente ao 129B. A segurança da colônia havia lacrado o quarto e a única chave que conseguia abrir aquela porta no momento estava no bolso do paletó de Vargas.

-- Você não tá achando que eles tiveram uma intoxicação alimentar e ele teve o azar de morrer disso na Lua, não é?

-- Não, não... digo, não sei. Os sintomas que ela teve são diferentes de uma intoxicação alimentar e aquele médico alemão de sotaque duro tem cara que saberia ver uma intoxicação alimentar há quilômetros. Mesmo os médicos que analisaram o corpo de Juliano aqui na Lua saberiam disso. É alguma outra coisa.

-- Mas o que é?

-- Eu já disse que não sei, porra! – Eduardo elevou a voz, parando no corredor. Alguns cientistas que passavam por ali no momento se assustaram. Vendo que havia exagerado um pouco, foi até ao enorme vidro que os separava do ar rarefeito da Lua. Viu uma paisagem levemente lisa, apesar de uns

34

contornos de montes que se perdiam no curto horizonte que tinha disponível. Pensou por um momento nos sonhos do brasileiro que foram interrompidos de forma abrupta. "Se tivesse ocorrido um acidente na expedição ou coisa do tipo, seria trágico da mesma forma, mas ainda seria mais aceitável do que simplesmente estar bem e morrer", pensou Eduardo, encostando a cabeça no vidro frio. "Se ele foi morto, por que foi morto? Por que foi ele e quem o matou? Quem se beneficiaria com sua morte?"

-- Desculpe, Edu. Acho que peguei demais no seu pé.

-- Tudo bem. Você sabe que gosto de trabalhar sob pressão e que isso faz minha cabeça rodar loucamente. Mas preciso de um tempo para pensar, ok?

Vargas confirmou com a cabeça.

-- Que tal a gente comer alguma coisa antes, hein?

Eduardo olhou para Vargas e percebeu duas coisas: havia horas que não comia nada e ele estava doido para saber como era comer comida feita na Lua.

6

Apesar de seu consciente saber que a comida que era servida para todos na Lua ser praticamente a mesma que encontraria em qualquer restaurante mediano no planeta Terra, Eduardo estava com uma pequena esperança de que fossem apresentados práticos exóticos em formulações típicas de ficção científica, como uma refeição completa dentro de um tubo de pasta de dente ou coisa do tipo. O que viu, contudo, eram alimentos simples e bons, e que traziam preparações vindas de várias partes do mundo, como esperado de um lugar que abrigava gente de todos os continentes.

Comeu o clássico brasileiro arroz e feijão, com carne vinda da Terra – com cortes *in natura* saindo direto do Brasil, claro – acompanhado de uma bela salada de folhas verdes cultivadas na Lua. Ficou sabendo que o feijão poderia ser comido sem culpa, já que o feijão destinado à Lua tinha recebido um melhoramento genético que impedia a planta de produzir alguns compostos sulfurosos que eram responsáveis pela digestão "não agradável aos narizes", como Eduardo disse em um eufemismo para Vargas.

Não havia batatas no dia. O carregamento que era para ter chegado no dia anterior havia sido suspenso depois de descobrirem um contaminante que o atendente do refeitório não sabia dizer qual. "Coisas desse tipo não são incomuns de acontecer", disse o atendente enquanto registrava qualquer coisa no computador à sua frente, "mas também não são frequentes. Se acontecer umas dez por ano, é muito".

Eduardo e Vargas comiam em silêncio, ouvindo o zum-zum-zum das conversas miúdas de pesquisadores e funcionários que deixavam parte da sua vida no satélite natural da Terra. Enquanto puxava uma folha de alface com o garfo, Eduardo viu uma moça sorridente conversar alegremente com sua amiga algumas mesas de distância. "Estou cercado de gente inteligente aqui, quem sabe aquela moça ali tenha até mesmo um Nobel por alguma descoberta aqui na Lua, e foram a mim que chamaram para resolver esse pepino?"

-- Tudo bem, Edu?

-- Sim, claro... – respondeu, sendo trazido de volta à realidade depois de ouvir a voz de Vargas.

-- Eu ia dizer que você estava com a cabeça no mundo da Lua. Mas ora só, não é que estamos aqui nela? – Vargas soltou uma risada.

-- Com certeza. As vezes é bom deixar a mente ir longe, meu amigo... – respondeu Eduardo, levantando um copo com água antes de leva-la aos lábios.

7

O som do clique indicava que os mecanismos foram destravados e a porta poderia ser aberta. Abrindo-a devagar, Eduardo e Vargas entraram no 129B que pertencia ao brasileiro morto e que, agora, era uma possível cena de crime. Isso se o crime tivesse realmente ocorrido ali. "Aqui pode ter sido apenas o desfecho", ponderou Eduardo.

O cômodo era semelhante ao que Eduardo estava hospedado. Havia uma indicação no chão, feito pela equipe de segurança, de onde o corpo fora encontrado. O sentido em que o corpo fora encontrado, da sala comum para o quarto parecia indicar que ele estava se dirigindo para o quarto quando a Morte lhe visitou. Observou que as coisas estavam em uma bagunça organizada. Havia dois papeis eletrônicos espalhados em uma mesinha que deveria servir como mesa de refeições. Havia um terceiro jogado em canto do sofá. "Ele devia ler vários e-books que os espalhava nestes papeis eletrônicos", pensou Eduardo, enquanto tentava desbloquear um, sem sucesso.

-- Se você quiser, posso conseguir liberação de acesso aos documentos que estão em qualquer papel eletrônico sob assinatura do Juliano – disse Vargas, vendo as ações de Eduardo.

-- Eu sei disso, obrigado. Consiga os acessos, mas provavelmente não os usarei agora. Até o momento isso não tem relevância na investigação.

Caminhou até a minúscula cozinha e viu a cafeteira com um líquido preto frio lá dentro. Ao lado dela, havia várias amêndoas dentro de um pacote qualquer. Sem preocupação, pegou o pacote e apontou para Vargas.

-- Seria possível mandar essas amêndoas para alguma análise?

-- Apenas na Terra, meu caro. Acho que no voo do expresso de amanhã, apenas. O de hoje já está fechado.

-- Não tem problema. Faça para mim, por favor.

Vargas pegou o pacote e o colocou em um saco maior que carregava em seu bolso.

Eduardo se voltou para o quarto, onde o encontrou desarrumado, indicando que havia sido usado antes. Uma camiseta estava jogada no chão, ao lado de um edredom que estava metade na cama e metade no chão. Suspeitou que os últimos momentos de Juliano e Audrey tivessem ocorrido ali. Em cima do pequeno móvel ao lado da cama, havia um pequeno telefone que podia ser usado para chamadas internas como para ligações para a Terra. Ao lado dele, mais uma meia dúzia de amêndoas. "Esse cara tá de brincadeira, não é? Isso que é gostar de amêndoas", pensou.

Caminhou até o banheiro e o encontrou levemente organizado, apesar de ver uma peça de roupa pendurada no cesto de roupas sujas. Em cima da pia próximo à torneira, havia uma pequena embalagem que a denunciava em letras garrafais.

-- Quer dizer que não aprovam relacionamentos dentro da colônia, mas vendem preservativos por aqui também? – disse Eduardo em voz alta.

-- Bom, onde houver gente o suficiente e disposta, vai ter sexo envolvido – respondeu Vargas, chegando no banheiro – provavelmente eles sabem quem não tem como evitar encontros casuais com gente jovem cheia de hormônios. Confesso que não sabia que vendiam isso por aqui. Posso descobrir para você.

-- Acho que não tem necessidade de saber da vida íntima do pessoal da Lua dessa forma, mas pelo visto a colônia não passa de um bairro ultratecnológico onde a gente encontra de tudo – disse, com um sorriso nos lábios.

-- Nada muito diferente do que veríamos em nosso Rio, não é Edu? A única diferença é que aqui eles checam até quanto de comida você compra.

Eduardo sorriu, mas não foi da piadinha sem graça de Vargas. Ele pensou em algo.

8

Enquanto Vargas havia sumido, dizendo que ia fazer algumas perguntas e ver se descobria alguma coisa interessante, Eduardo estava em uma grande área próximo do refeitório. Parecia ser destinado ao convívio social entre os integrantes da colônia, já que havia mesas, bancos e até mesmo pequenas árvores. A sensação era de estar uma pequena praça. A única exceção eram as luzes artificiais que iluminavam o espaço e o fato de estarem em uma cúpula fechada, onde os vidros nas laterais não mostravam ruas ou prédios, mas uma paisagem onde na metade inferior era a Lua cinzenta e cheia de pequenos montes e, a parte de cima, um céu sem céu, que se ligava direto ao espaço. Era uma experiência estranha, de estar sozinho na imensidão do vazio e, ao mesmo tempo, de estar maravilhado com a percepção de ser um ser pensante que podia contemplar aquilo.

Resolveu voltar para seu papel eletrônico, quando ouviu a risada de um casal que se aproximava dele, aparentemente conversando em japonês. Achou graça quando passaram por ele e ambos o cumprimentaram em inglês para, em seguida, voltarem a conversar entre si em japonês.

Voltou sua atenção ao papel eletrônico e com alguns dados que havia conseguido com a equipe de segurança sobre a rotina de Juliano na colônia. Os dados de acessos estavam todos ali, na sua frente, e lê-los levaria uma eternidade. Teria que filtrar alguns dados sem importância sobre vários aspectos, desde horários em que ele foi comer, que saiu ou entrou do alojamento, que saiu da colônia para alguma expedição e coisas do tipo.

Felizmente ele tinha o programa de inteligência artificial que resumia dados a partir de várias fontes, assim como fizera no resumo que ele lera na viagem até a Lua. Resolveu carregar o software de IA com os dados brutos que havia conseguido e esperou o upload ser feito para as nuvens. Os processadores quânticos que rodavam a inteligência artificial processaram em questão de segundos todos aqueles registros, dados e metadados dos arquivos em um único documento curto e de fácil leitura. Uma notificação apareceu no papel eletrônico e ele tocou no famoso arquivo 'leia-me'. Começou a ler em voz baixa:

-- Dr. Juliano de Souza, brasileiro vinculado ao Tranquillitatis Geology Laboratory (TGL) no campo de geologia lunar, deu entrada no sistema de segurança da Colônia Lunar 1 em três de setembro de 2086 com visto mínimo de permanência de um ano e seis meses, prorrogáveis conforme regulamento interno. Foi concedido a ele o alojamento 129B do setor B de moradias lunar... – Eduardo resolveu pular essa parte, que ele já sabia de cor. Estava atrás de outra coisa.

"Foram registradas doze saídas da colônia ao longo de sua estadia. Cruzando os dados dos registros fornecidos, dez destas saídas ocorreram devido a atividades programadas no TGL e autorizadas pelos responsáveis pela colônia. Duas saídas ocorreram na qualidade de visitas particulares, com interesse em turismo lunar e foram feitas com autorização local. Abaixo há uma descrição detalhada dos dias registrados das saídas, período fora da colônia e outras informações relevantes.

Eduardo tocou no papel eletrônico, pensando em ver se as duas viagens particulares foram feitas sozinho ou acompanhado de alguém. "Será que ele e Audrey já estavam juntos?", pensou. Mas deixou para lá. Apesar de ser uma das últimas pessoas a estar com ele em vida, ela não tinha ativado um alerta dentro de Eduardo de ser uma responsável potencial pelo que ocorreu com Juliano. "Claro que não posso descarta-la de todo. Apesar de ela nos ter chamado, ela pode querer bancar a inocente na história toda. Tenho que ficar de olho nela". Além disso, ela já havia deixado claro que os dois estavam em um relacionamento e saber quando começaram não faria muita diferença.

-- Precisaria das autorizações da segurança para acessar os dados dela, se eu quisesse saber se ela estava com ele ou não... vamos deixar isso em *stand by* por enquanto – disse em voz baixa, deslizando o dedo no papel eletrônico e buscando mais informações – bom, na parte de atividades físicas ele parecia ser uma pessoa comum, como se isso fosse possível na Lua.

"Os registros de uso da academia não reportam problemas – prosseguiu lendo o texto gerado pela IA – Foram feitas, em média, três acessos por semana nas dependências da academia usando suas credenciais. Halteres e esteira eram os equipamentos mais comumente utilizados por ele. Seus dados de deslocamento dentro da colônia que, de acordo com o regimento interno, é contabilizado como atividade física, estava dentro dos parâmetros aceitáveis. Ele caminhava, em média,

4,1km por dia. Seus registros de atividade em expedição fora da colônia eram maiores, de, em média, 9,4km.

"Há problemas nos registros de alimentação reportados nos dados de De Souza – Eduardo fez uma pausa. Isso era novo e interessante. Prosseguiu –. O regulamento interno traz regras e normas sobre o consumo de alimentos dentro da colônia e o consumo de alimentos extras que ultrapassem o determinado por médicos e nutricionistas. Os registros apontam que De Souza foi notificado quatro vezes por consumo acima do máximo permitido de produtos alimentícios fora do cardápio estipulado pelos nutricionistas e três destas notificações resultaram em restrição e/ou bloqueio de suas credenciais nas máquinas automáticas de comida.

"No primeiro registro médico foi apontado um consumo acima do máximo estipulado de alimentos oleaginosos – Eduardo soltou um leve som de compreensão ao ler esta parte – Apesar de De Souza se apresentar saudável nos exames de rotina conduzidos de forma programada em todos os moradores da colônia, os médicos alertaram que o grande consumo de alimentos oleaginosos não era indicado para seu peso e idade. Os alertas foram ignorados por De Souza, que continuou a consumir altas quantidades de alimentos oleaginosos, adquiridos nas máquinas automáticas. Como toda transação nestas máquinas são monitoradas, um alerta foi disparado e De Souza foi notificado sobre o consumo em excesso de alimentos oleaginosos.

"Os registros de compras nas máquinas automáticas se mantiveram constantes nos dois meses seguintes à primeira notificação. Como resposta, os nutricionistas emitiram uma segunda notificação e instituíram um limite máximo de compra de alimentos oleaginosos feitos com as credenciais de De Souza. Contudo, os dados apontam que uma falha no sistema de processamento do software permitiu que De Souza continuasse a comprar quantidades acima do máximo estipulado para suas credenciais por mais dois meses seguidos.

"Falha no sistema de software? – se perguntou Eduardo, tocando neste trecho do texto gerado pela IA. Nisso, a IA abriu o relatório de onde havia extraído essa informação originalmente – "A equipe de TI percebeu um erro nos registros de *log* feito pelas máquinas que não alteravam a compra quando o usuário resolvia fazer um troca de um produto por outro, seja por erro na hora do pedido ou arrependimento. Assim, era possível adquirir um produto permitido usando suas credenciais e, em seguida, solicitar a troca do produto por um outro que não era permitido. Como a máquina não alterava o registro da alteração no *log* do sistema, a troca não era bloqueada." "Puxa vida, que rapaz esperto. Achou uma brecha no sistema dos caras", pensou, enquanto voltava para o relatório principal que estava lendo.

-- Os nutricionistas foram notificados sobre a alteração de comportamento de De Souza com o consumo de alimentos das máquinas automáticas e descobriram a artimanha utilizada por ele. O problema das máquinas foi resolvido e ele foi notificado novamente e teve suas credenciais bloqueadas por 60 dias para qualquer compra, em qualquer volume, de alimentos oleaginosos.

"De Souza foi novamente notificado menos de um mês depois por estar usando as credenciais de terceiros na compra de alimentos oleaginosos. Os terceiros foram notificados, com risco de suspensão de suas credenciais e De Souza teve suas credenciais suspensas por 60 dias para compra de qualquer produto nas máquinas automáticas, exceto água.

-- Como assim esse cara gosta tanto de castanhas e amêndoas. Ele é um maníaco por oleaginosas? – se perguntou em voz alta. Ao perceber que estava falando sozinho, voltou-se para seus pensamentos –. "Bom, os exames médicos dele não apontavam nenhum problema de saúde, mesmo ele se entupindo de amêndoas. Então, ele não morreu por conta disso". "Se ele, nestes últimos meses estava impedido de comprar amêndoas pelas vias oficiais, como ele ainda conseguia as amêndoas? Como havia tantas em seu quarto?".

-- O escambo, é claro. Ele conseguia com os turistas – disse novamente em voz alta, chamado a atenção de alguns pesquisadores que passam por ele. Um deles, não reconhecendo que Eduardo falava em português, perguntou, em inglês, se estava tudo bem. Ele acenou com a cabeça, pedindo desculpas. Assim que ficou sozinho novamente, voltou para seus pensamentos –. "A própria Audrey comentou sobre isso. Eles pegam as coisas com turistas daquilo que não tem aqui.

-- Achei você, finalmente.

Eduardo olhou para o lado e viu Vargas se aproximando, com um leve sorriso no rosto. Dobrou o papel eletrônico em dois e se levantou para ir ao seu encontro.

-- Não te achei no seu aposento e, aparentemente, alguém esqueceu de dar uma olhada no celular de vez em quando, não é?

Eduardo pisca algumas vezes, percebendo que deveria estar com o celular em modo silencioso desde quando saiu do Brasil. Ele fez uma careta feia para Vargas, já imaginando que a ligação perdida de seu amigo não seria a única que ele veria na janela de notificações.

-- Quantas ligações da Giovanna perdidas, hein?

-- Pelo menos umas sete.

-- Boa sorte para explicar para sua esposa o que você anda fazendo de tão legal aqui que até esqueceu dela.

Eduardo deu um sorriso amarelo para Vargas e se afastou, pedindo para o celular fazer a ligação para sua esposa que ele havia deixado sem notícias na Terra.

9

-- Ela ficou brava?

-- Fiquei quase meia hora no celular com ela. O que você acha?

A esposa de Eduardo já estava acostumada a perder o marido temporariamente quando ele estava envolvido em um caso sério. Contudo, ao contrário das outras vezes, ele não estava resolvendo um caso em algum canto qualquer do Rio de Janeiro e sim na colônia humana na Lua. A distância de milhares de quilômetros era um fator importante para ela e Eduardo aparentemente havia esquecido disso.

-- Enfim, você disse que estava me procurando. O que houve.

-- Na verdade eu consegui algumas informações por aí, mas eu queria saber como anda a sua linha de raciocínio antes – disse Vargas, indicando um lugar dentro do enorme refeitório que tentava simular uma pequena cafeteria. Chegaram ao local e pediram cafés. Com suas credenciais especiais de visitantes, desbloquearam o serviço e, em minutos, dois autênticos espressos italianos estavam na sua frente. Claro que o café era cinco vezes mais caro que um comprado na Itália, mas não era todo dia que você poderia dizer que tomou um autêntico italiano na Lua. Como se isso, Eduardo sabia, fizesse algum sentido.

-- Bom, descobri que Juliano realmente era viciado em oleaginosas.

-- Oleaginosas? Tipo as amêndoas que encontramos no quarto dele?

-- Exatamente, Vargas. Mas o vício dele não é pouca coisa. Ele consumia quantidades enormes. Não sei se ele tinha alguma deficiência nutricional, apesar dos exames dele não apontarem isso. Mas seu consumo era tão alto que bloquearam as credenciais dele no sistema para comprar coisas nessas máquinas automáticas – disse Eduardo, apontando de forma despreocupada uma máquina automática de comida perto deles.

-- Caramba. Mas, se bloquearam os acessos às máquinas para ele e ele jamais conseguiria tantas amêndoas na alimentação fornecida para eles aqui, como ele conseguiu? Com os turistas?

-- Foi o que eu pensei.

-- Mas pelo que vimos no quarto dele, o turista precisaria ter trazido um monte delas para cá. Claro, todo bom turista sabe que quando viaja, todas as coisas que quer comprar passam a custar os olhos da cara. É claro que a gente acaba sempre trazendo algo de casa para evitar gastar demais – ele tomou um gole do café – mas, tirando o Juliano, acho difícil um turista ser tão viciado em amêndoas vir justamente para a Lua e ainda querer se desfazer de suas preciosas oleaginosas para ele.

-- Pois é... precisaríamos saber se Juliano se encontrou com algum turista que trocou isso com ele.

-- Então, tenho algo para te dizer: descobri um complicador.

-- Complicador? – questionou Eduardo, olhando sério para Vargas.

-- Lembra do preservativo que você encontrou no quarto de Juliano? – disse Vargas, vendo Eduardo acenar positivamente coma cabeça – então, apesar das regras aqui não recomendarem relações entre os habitantes da colônia e blá blá blá, essas coisas são impossíveis de evitar, né? Então, há uma máquina de preservativos aqui na Lua.

-- Sério, que legal – Eduardo achou engraçado haver esse tipo de coisa na Lua, mas afinal de contas, faz parte da espécie humana esse tipo de comportamento e ter preservativos a disposição para os habitantes da Lua seria quase uma obrigação moral.

-- Enfim. Descobri três coisas sobre ela.

-- Três coisas?

-- A primeira: só existe uma máquina de preservativos na Lua toda. Ela é bem abastecida e, confesso, bem maior que essa que está atrás de mim aqui – disse, apontando com o polegar –. Segundo: ela é a única máquina que você pega as coisas sem passar suas credenciais. Ou seja, a quantidade, quem adquiriu, a hora e qualquer outra informação não são registradas no sistema. E a gente sabe que, se não tem registro...

-- É como se não existissem...

-- Exato. Bom, esse é o menor dos problemas. Também não queria que as pessoas soubessem quando eu fosse dar umazinha. Mas enfim, terceiro: a máquina fica exatamente num ponto estratégico dessa colônia toda.

-- Onde?

-- Há dois corredores que ligam os setores dos pesquisadores com o setor de turismo. Um todo chique e bem iluminado, cheio de atrativos e máquinas bonitas. E um outro, mais reservado e simples. Um corredor por excelência. Adivinha qual corredor está essa máquina?

-- Nesse segundo, aparentemente. Faz sentido... se existe uma única máquina dessas na Lua toda, quer dizer não só os funcionários da Lua vão lá comprar preservativos na máquina, os turistas também.

-- Sim, isso aí.

-- Eu disse que tinha três coisas, né? Errei, são quatro. A quarta é: a máquina foi colocada exatamente entre duas câmeras de segurança, ambas apontadas em direções opostas à máquina.

-- Quê?

-- Isso aí que você ouviu.

-- Eles colocaram a máquina no meio de duas câmeras que não a registram. Como se ela estivesse numa sombra das câmeras?

-- Exatamente, exatamente!

-- Mas isso seria para evitar descobrir quem usa a máquina de forma indireta?

-- Provavelmente... para mim faz sentido pensar assim.

-- Mas...

-- E sabe o que mais ocorre nessa sombra das câmeras, perto da máquina de preservativos?

-- Sem chance...

-- Isso aí: o escambo dos turistas e funcionários.

Eduardo só pode sorrir para essa informação. Realmente a espécie humana é incrivelmente adaptável a qualquer situação.

10

Cortando alguns corredores, enquanto observavam ao redor, eles chegaram ao que Eduardo julgava ser o lugar mais famoso da Lua: o corredor dos preservativos e da troca de produtos com turistas.

Chegaram de forma despreocupada ao local, como se fossem funcionários de longa data e flagraram o exato momento em que um turista passava duas belas latas de Coca-Cola e uma de Heineken para um pesquisador que devia beirar os quarenta anos e com cara de que tinha pelo menos uma pesquisa de vinte milhões de dólares sob sua supervisão. Rapidamente, o pesquisador pôs na mão do turista um vidro pequeno e ambos sorriram. Terminada o escambo, os dois se despediram e cada um voltou para seu lado, o turista para o seu setor e o pesquisador para o dele. O pesquisador deu um leve sorriso para Eduardo e Vargas quando passou por eles, nem desconfiando que ambos estavam em uma investigação.

-- O que o pessoal da Lua dá em troca por essas coisas que os turistas trazem?

-- O que todo turista acha que vai conseguir vindo para a Lua, mas descobrem que não podem...

-- O quê?

-- Um pedacinho da Lua.

-- Os caras trocam por pedra?

-- Sim. Uma convenção internacional proíbe terminantemente a extração de material lunar exceto para finalidade científica. Os turistas chegam e descobrem que podem ir lá fora e se matar de se divertir, mas não podem nem trazer a poeira que fica na roupa lunar. E os únicos que podem pegar material lunar sem questionamento são os pesquisadores...

-- Então os cientistas trocam algo que é banal para eles aqui, que é rocha lunar, por algo que é raro na Lua, como bebidas e comida não autorizada? E o contrário também ocorre: lata de cerveja é coisa besta para os turistas, e trocam por um pedaço de pedra rara para eles.

-- Isso mesmo... – disse Vargas, com um sorriso no rosto.

-- Mas como os turistas trazem essas coisas da Terra para a Lua?

-- Cara, você viu quanto custa cada passagem para vir para cá? É claro que o pessoal da fiscalização na Terra vai fazer vista grossa para esse povo.

Eduardo concordou com a cabeça. Olhou para a máquina de preservativos que emitia uma fraca luz indicando que estava funcionando, esperando alguém ávido para uma conseguir o passaporte para um momento de diversão íntima. Nisso, olhou para cima e confirmou aquilo que Vargas havia dito para ele antes: a máquina estava entre duas câmeras de segurança que apontavam para sentidos opostos. Tudo que ocorresse perto daquela máquina não seria registrado por nenhuma delas.

-- Vargas, apesar das câmeras não mostrarem o que acontece nessa área onde estamos, isso não significa que não podemos inferir o que se passa aqui dentro desta sombra.

-- Continue.

-- Podemos pegar os dados destas duas câmeras e ver quanto tempo as pessoas ficam aqui. Podemos cruzar o que a câmera virada para os turistas e a câmera virada para os cientistas registram e descobrir quando ocorre alguma possível interação aqui ou quando apenas as pessoas veem para pegar preservativos.

-- O que você quer descobrir com isso?

-- Quero ver quando e com quem Juliano conseguiu aquelas amêndoas.

-- Você acha que as amêndoas tem alguma coisa haver?

-- Não sei... pode dar em nada, mas pode dar em alguma coisa.

Para Eduardo algo não estava muito certa na história das amêndoas. Apesar do consumo exacerbado delas por Juliano ser algo digno de nota, a questão não era essa. Apesar dos legistas na Lua não terem inferido intoxicação alimentar como causa para a morte do brasileiro, ele ainda esperava uma análise mais apurada vinda do pessoal da Terra. Além disso, as amêndoas que ele coletou do quarto de Juliano ainda deveriam estar a caminho do Brasil e levaria mais tempo para descobrir algo de relevante sobre elas.

O que chamava a atenção era o fato de Audrey ter passado muito mal depois de tudo isso ter ocorrido e os sintomas que ela teve se pareciam com algo que ele já tinha lido há muito tempo atrás, mas julgava ser impossível isso ter ocorrido na Lua, onde tudo que era consumido pelos funcionários era rigorosamente verificado. "Exceto o que vem dos turistas", pensou.

-- Você quem manda, companheiro – disse Vargas batendo com firmeza no ombro de Eduardo –. Vamos na sala de segurança da colônia e pedir as imagens.

11

-- Este terminal consegue ter acesso a qualquer imagem que vocês precisarem, com até cinco anos de registros – disse um dos responsáveis pelo setor de segurança da colônia lunar para a dupla de brasileiros – vocês podem abrir o mapa completo da colônia e selecionar uma câmera em especial e, a partir dela, podem fazer o que quiserem.

-- A polícia do Brasil agradece a colaboração de vocês em nossa investigação.

O segurança, que usava um vistoso turbante no melhor estilo árabe, sorriu ao ouvir o que Vargas havia acabado de dizer.

-- Tenho um irmão que mora no Brasil. São Paulo. O visitei alguns anos antes de começar a trabalhar aqui. Muito bom lugar.

-- Sério? – disse Vargas, simulando uma surpresa para alegria do responsável pela segurança. O Brasil era um enorme caldeirão cultural e o fato de o irmão árabe do segurança estar morando por lá não era nenhuma novidade para nenhum brasileiro –. Bom, senhor, se nos permite, gostaríamos de analisar algumas informações de suas câmeras.

-- Claro, claro. Fiquem à vontade, qualquer coisa estarei em minha sala – disse, acenando com a cabeça e sorrindo, antes de deixa-los a sós com o sistema de câmeras da colônia.

-- Você sabe mexer nisso aí, Eduardo?

-- Para falar a verdade é meio parecido com o sistema de vigilância que usamos no Brasil. Talvez tenha sido o mesmo fornecedor que vendeu esses sistemas.

-- Possível... então você consegue se localizar nele.

-- Sim, ao invés de ver o mapa do Rio de Janeiro, estou vendo a planta da colônia em seus detalhes. Só preciso encontrar onde está aquele corredor dos preservativos para achar as câmeras que queremos.

Vargas concordou com a cabeça. Enquanto procurava o que queria, Eduardo se lembrou de algo que queria saber, mas que não tinha tido oportunidade de perguntar antes.

-- Vargas, estamos na Lua, certo? – Vargas soltou um som de concordância – Aqui temos os equipamentos mais modernos e tecnológicos do sistema solar, talvez perdendo para Marte, correto? – novamente Vargas soltou um som de concordância – por que raios as análises que tanto queremos não puderam ser feitas aqui?

-- Boa pergunta, Eduardo. E achei estranho que você não tenha me perguntado nada disso antes. Enfim, eu perguntei para a equipe médica que recebeu Juliano antes mesmo de virmos para cá. O que eles disseram foi simples e direto: não compensa.

-- Não compensa?

-- São centenas de cientistas disputando a tapa os poucos equipamentos que tem aqui na Lua. Ele disse que o espectrômetro de massa, que eles usam para descobrir as coisas que compõe algo, por exemplo, tem uma fila de espera de três semanas!

-- Tudo isso?

-- Sim. Ele disse que mesmo justificando o uso emergencial, ele me disse que, quando a colônia estava sendo construída, as normativas internas determinam que o setor de pesquisa tem autonomia. E os cientistas não querem ceder seus momentos de uso do aparelho para essas coisas triviais como investigar a morte de alguém.

-- Meu Deus...

-- Pois é. Daí ele me disse que mandar as amostras para a Terra acaba sendo mais rápido que ficar esperando a boa vontade de alguém ou esperar o cronograma de uso dos equipamentos.

Eduardo fez um gesto negativo com a cabeça. Apesar de muitas pesquisas conduzidas ali estarem sendo feitas em prol da humanidade, os pesquisadores esqueciam um pouco da própria humanidade a qual estavam querendo servir.

-- Achei o corredor. Aqui aparecem as câmeras que estão nele – disse, dando zoom na tela para o lugar onde apareciam dois pequenos pontos que ele sabia serem as câmeras que estavam de costas uma para a outra, com a máquina de preservativos no meio.

Ao tocar em um dos pontos, informações sobre a câmera abriram em uma janela. Ele percebeu que tocando na janela e jogando para o lado, ela iria continuar sendo reproduzida na tela ao lado de onde estava.

-- Igual o nosso sistema – disse Eduardo, com um sorriso.

O que ele via era a câmera voltada para o setor dos turistas. As imagens em altíssima definição estavam transmitindo ao vivo o que se passava lá. Voltou para a tela onde estava o mapa e abriu a outra câmera, voltada para o setor dos funcionários e viu a transmissão ao vivo do que ela estava registrando. De fato, o meio entre as duas câmeras não aparecia de jeito nenhum.

Para tirar qualquer dúvida, abriu algumas câmeras que estavam no mesmo corredor, mais distante e descobriu que o aspecto levemente curvado do corredor criava um ponto que impossibilitava acompanhar muito longe. Realmente o lugar onde a máquina de preservativos estava era muito escondido.

-- Vamos voltar alguns minutos para ver quanto tempo a troca que vimos entre aquele turista com as latas de Coca e Heineken e o pesquisador duraram – disse Eduardo, tocando na tela do jeito como conhecia o sistema que usava constantemente no Rio de Janeiro.

Fazendo os toques certos, sincronizou as duas câmeras e as fez mostrar imagens em retrocesso ao mesmo tempo. Em pouco tempo encontrou o momento em que o pesquisador que viram ir embora com as latas de bebidas aparecer na câmera andando de costas – já que estavam retrocedendo a imagem – e, quase ao mesmo tempo, o turista aparecer da mesma forma na outra câmera. Eduardo pausa ambos os vídeos quando eles entram na sombra das câmeras.

-- Bom, ambos estão perto da máquina de preservativos agora. As câmeras marcavam 17h08min34s – disse Eduardo, apontando para os números que eram exibidos na tela –. Vamos retroceder mais e descobrir que horas que eles chegaram ao encontro.

Eduardo tocou no ícone de retroceder e ambos os vídeos voltaram a rodar. Depois de um tempo olhando para a tela, viu o turista aparecer novamente nas imagens voltadas para o setor de turistas e pausou novamente.

-- O turista chegou na sombra das câmeras às 17h05min48s. Ou seja, entre 17h05 e 17h08, eles conseguiram fazer a troca de produtos dentro da sombra das câmeras – observou Eduardo, sob constante atenção de Vargas.

-- Quer dizer que esta troca ocorreu em cerca de dois a três minutos perto da máquina de preservativos?

-- Sim... talvez a maioria das trocas nesta área não demorem mais que isso. Mesmo sendo reservado, não pode ficar perdendo muito tempo ali, não é – Vargas concordou com a constatação de Eduardo – além disso, a máquina de preservativos é uma variável que preciso aprender sobre ela ainda. Preciso saber a média de tempo que as pessoas aparecem sozinhas ali e depois vão embora sem aparecer gente do outro lado do corredor.

-- Você quer saber o tempo aproximado que uma pessoa leva para comprar preservativo e o tempo que leva para o escambo?

-- Isso. Com isso, quando eu achar a gravação onde aparece Juliano, preciso ter certeza que a sombra me dê a informação de que ele estava trocando produtos com alguém e não comprando preservativo e, sem querer, uma pessoa estava lá de xereta.

-- E como você vai fazer isso?

-- Bom, como estou de bobeira aqui na Lua, acho que vou fazer isso por enquanto. Se você pudesse me trazer uma boa xícara de café, ficaria muito agradecido – disse Eduardo, sorrindo para Vargas.

12

A vida social na Lua era intensa, sobretudo durante o dia instituído na colônia, que seguia o padrão terrestre de 24 horas, sendo o Horário Padrão Lunar uma réplica do Tempo Universal Coordenado, o famoso UTC. Apesar de cercado de luzes artificiais, cada pessoa acabava tendo seu próprio horário na colônia lunar. Como a luz do Sol não poderia servir de parâmetro de registro do tempo já que, como a Terra prendia gravitacionalmente a Lua, sempre mantendo a mesma face voltada para o planeta, o dia lunar levava praticamente o mesmo tempo que ela levava para completar uma volta ao redor da Terra. Assim, mesmo o relógio marcando duas da madrugada, o Sol poderia estar aparecendo no pano de fundo lunar.

Eduardo percebeu que a vida na Lua era 24 horas sem descanso. Apesar de haver horários pré-determinados onde o refeitório servia as refeições, as pessoas podiam ir para o trabalho às 08h da manhã, mas também havia pessoas que só levantavam às 13h para ir ao trabalho ou aquelas que simplesmente acordavam às 21h para fazer suas atividades. Aparentemente desde que cumprisse com seus afazeres o horário pouco importava na Lua.

Por isso, achou curioso que qualquer hora era hora para comprar preservativos e fazer escambo no que ele considerava a mais famosa sombra de câmeras do sistema solar.

Eduardo percebeu que tanto os turistas como os funcionários da Lua eram ávidos em comprar preservativos. Percebeu também que a máquina devia soltar o tão almejado produto em questão de segundos, já que as pessoas raramente passavam mais de um minuto na sombra das câmeras quando passavam sozinhas pelo corredor da máquina. Já o escambo, que ele viu ocorrer com uma frequência maior que ele esperava, demorava mais. "Apesar de ser algo rápido, talvez as pessoas trocavam meia dúzia de palavras durante esse tempo em que se conhecem", pensou Eduardo. "Se eu fosse turista, com certeza queria saber alguma coisinha diferente que se passa na Lua", concluiu.

Suas observações pareciam sensatas. Enquanto a compra na máquina levava, em média, menos de um minuto, a interação entre duas pessoas na sombra das câmeras levava cerca de dois minutos e quinze segundos. Reforçava o fato de que geralmente os turistas não se preocupavam em esconder o que estavam trocando, sendo visível na maioria das vezes em suas mãos, sacolinhas que deixavam claro que dentro havia latinhas ou pacotes ou coisas do tipo e, 2min15s depois das sombras, o turista aparecia sem nada em mãos, provavelmente levando um pedacinho da Lua dentro de algum bolso que, de antemão, tinha plena consciência de esconder o máximo possível enquanto estivesse por lá. Já os cientistas, apesar de fracassarem na missão de bancar os espiões e agentes que conseguem esconder tudo, tendiam a esconder o escambo junto com outras coisas que já estavam carregando ou simplesmente enfiando nos bolsos e afins.

Agora que ele tinha uma evidência que ele não considerava forte, mas sensata, ele passou a buscar a câmera mais próxima do quarto de Juliano. Queria travar a busca em seu rosto e forçar o sistema de segurança a acompanhá-lo. "Quero saber com quem ele se encontrou para pegar as amêndoas e quando isso aconteceu", pensou.

Achar a câmera mais próxima do quarto de Juliano foi a parte mais complicada. Ele precisou da ajuda do segurança de turbante para conseguir achar o quarto do brasileiro no confuso mapa da colônia. Vargas tinha ido para seu alojamento, já que passava das 23h na Lua e ele não estava afim de acompanhar a saga de Eduardo pelos registros das câmeras.

Após ficar sozinho novamente, ele voltou as imagens para a virada do dia 11 para o dia 12 de agosto, que foi mais ou menos a hora em que Juliano havia morrido, de acordo com o legista. A imagem que aparecia na tela era um corredor como outro qualquer que ele já estava ficando enjoado de ver na Lua. Havia várias portas em ambos os lados e o 129B, aparecia mais ou menos no meio da tela para o lado direito. Vendo que tinha a imagem que queria, tocou em retroceder o vídeo. Estava na hora de saber como foi os últimos momentos de Juliano.

Ficou acompanhando o vídeo retroceder sem nada de eletrizante acontecer. Viu algumas pessoas passando pelo corredor de forma acelerada devido a velocidade do vídeo, mas que ignoraram completamente o 129B. Então, aproximadamente 21h07 de 11 de agosto, uma pessoa aparece no corredor.

Era Audrey.

Estava sozinha. Como o vídeo estava voltando para trás no tempo, ela primeiro aparece na parte de baixo do vídeo e vai andando de ré a partir de uma das portas. Era a 129B.

Realmente ela estava com ele por volta dessa hora e estava vendo que isso era verdade. "Ela saiu sozinha no apartamento 129B por volta das 21h07 e havia deixado Juliano lá que, nas palavras dela, estava bem até demais", pensou.

Continuou a retroceder o vídeo. Nada de muito novo acontece por um tempo até que, em determinado momento, aparece uma pessoa no corredor. Ela seria mais uma entre tantas que passaram por lá naquele dia, mas o que ela fez chamou a atenção.

-- É aquele cara que estava com Audrey no hospital?

Eduardo observa que, às 20h12 daquela noite, aparece Clay vindo de ré a partir da outra ponta do corredor com a cabeça baixa e simplesmente para na frente do 129B. Eduardo observa que Clay ficou quase três minutos na frente do 129B, não se importando das outras pessoas passarem e acharem estranho ele estar parado na frente de uma porta de alojamento. Perto das 20h09, Clay dá sinais de que queria fazer alguma coisa, como bater na porta ou algo do tipo. Nisso, ele simplesmente volta de ré do mesmo corredor de onde tinha aparecido.

Sem entender direito o que havia acontecido e meio zonzo de ver as coisas acontecendo sempre ao contrário, ele resolveu tocar o vídeo da gravação a partir das 20h08 no sentido normal, para ver o que ele fez no jeito certo, com o vídeo deslocando para o futuro e não para o passado.

-- Ele aparece na ponta superior do vídeo e chega perto da porta do 129B – sussurra Eduardo, à medida que assistia a gravação – ele parece que quer bater na porta ou algo do tipo, mas ele simplesmente desiste. Ele inclinou a cabeça? – Eduardo volta alguns segundos do vídeo, dá um zoom em direção à porta onde ele está parado e volta a reproduzir o vídeo. O que ele vê deixa claro que Clay pretendia bater na porta, mas desiste e inclina a cabeça levemente como se fosse querer ouvir o que se passava do outro lado da porta. Eduardo balança a cabeça, entendendo o que Clay estava fazendo e, talvez, até mesmo o que possa ter ouvido naquela hora.

Eduardo continua tocando o vídeo normalmente e observa Clay parado frente à porta, com a cabeça baixa. O zoom em seu rosto, graças às excelentes câmeras de ultradefinição, mostravam que ele estava remoendo algo dentro de si, mas que era impossível definir apenas olhando por aquele ângulo. Passados quase três minutos desse jeito, ele simplesmente levanta a cabeça e volta para o mesmo lugar de onde havia aparecido no vídeo.

-- Ele não estava de passagem pelo corredor, ele realmente foi lá apenas para o alojamento de Juliano.

Tendo entendido o que havia acontecido, ele resolveu voltar a assistir as coisas de trás para frente. Nada de novo ocorre, apenas pessoas andando e uma equipe de limpeza passando pelos corredores. Até que às 17h37 a porta abre e, pela primeira vez, Eduardo vê Juliano aparecer nas câmeras. Estava acompanhado de Audrey. A porta abre e os dois saem de ré do quarto – na verdade ele sabia que eles estariam entrando se estivesse assistindo do jeito normal –. Eduardo dá um novo zoom na tela e pede para a câmera travar no rosto de Juliano.

Graças aos softwares de inteligência artificial, não era preciso ficar vendo por muito tempo tudo o que se passava nas câmeras. Bastava informar para o software qual rosto você queria e ele te mostrava de forma sequencial no tempo todas as imagens disponíveis. Era até possível seguir a pessoa à medida que ela sumia do alcance de uma câmera, mas chegava no alcance de outra. Era essa ferramenta que ele iria utilizar.

Ele poderia ter usado isso desde o começo, mas ter visto o que se passou na porta do quarto 129B antes o fez descobrir coisas que nenhum software iria dizer para ele.

Ao registrar o rosto de Juliano no sistema, a IA da segurança já puxou alguns dados resumidos da pessoa, após fazer um breve reconhecimento facial na imagem. Agora era fácil acompanhar os passos de Juliano na Lua.

13

-- Cara, você dormiu?

-- Tirei um cochilo alguma hora enquanto esperava as análises do vídeo.

Era pouco mais de 5h da manhã na Lua – ao menos era o que o relógio apontava alegre na mesma cafeteria onde haviam estado no dia anterior. Dessa vez, Eduardo partia para um segundo espresso, enquanto Vargas bebericava um cappuccino. Ambos reclamaram que não havia pães de queijo na Lua e tiveram que se contentar em comer uma fatia de bolo que estava boa, mas não era a mesma coisa que comer um belo pão de queijo recém saído do forno.

-- Bom – disse Vargas repousando a pesada xícara no pires – e você chegou a alguma coisa?

-- Sim... aqui está – disse Eduardo, pegando o papel eletrônico que estava dobrado em seu bolso com a mão desocupada e entregando para ele – basicamente o que descobri foi: Juliano estava muito bem no dia de sua morte. Ele saiu do seu 129B por volta das seis da manhã e foi para a academia. Os dados das credenciais dele comprovam que ele estava lá e usou os equipamentos, sem contas as câmeras de vídeo espalhadas por lá que mostraram a mesma coisa. Ele voltou para seu alojamento e saiu perto das oito da manhã e foi tomar café da manhã no refeitório. Antes das nove horas ele estava no seu laboratório onde ele sempre ficava.

-- Sim, estou vendo. Ele chegou no laboratório às 8h47 e lá ficou até 12h54, é isso? – questionou Vargas, vendo se entendia as anotações que estava lendo no papel eletrônico enquanto Eduardo resumia para ele.

-- Exatamente. Ele saiu perto das 13h e voltou para o laboratório às quatorze e alguma coisa aí, né?

-- 14h32.

-- Isso. É este período que nos interessa.

-- O horário de almoço?

-- Sim... entre 12h54 e 14h32 ele almoçou no refeitório normalmente e... foi fazer uma visitinha ao corredor dos preservativos.

-- Sério?

-- Seríssimo! E, pelo que vi nos registros, ele não foi lá para comprar preservativos.

-- Ele se encontrou com alguém?

-- Sim... um turista que estava lá esperando por ele.

-- Esperando, como você sabe?

-- Apesar das câmeras fazerem uma sombra sobre a máquina de preservativos, essa sombra não é muito grande. Aparentemente, enquanto esperava Juliano chegar para trocar o que quer que fosse, ele ficou afastado da máquina e dentro do campo de visão da câmera voltada para o setor dos turistas.

-- Saquei – disse Vargas, acenando com a cabeça.

-- Apenas quando Juliano aparece no corredor vindo do setor dos funcionários, esse turista se move e entra na sombra das câmeras. Passa-se cerca de três minutos...

-- Dois minutos e 41 segundos – disse Vargas, olhando para as anotações.

-- Isso... e daí é possível ver tanto Juliano indo embora de um lado como o turista indo do outro.

-- E quem é esse turista? Você conseguiu identifica-lo?

-- Aí que você entra: não tenho permissão para abrir as fichas e dados dos turistas sem autorização da diretoria daqui da Lua e preciso que você peça para mim.

Vargas dá um suspiro. Ele sabia que era algo simples, mas que não deixariam ser tão simples assim. O empreendimento lunar consome uma quantidade considerável de dinheiro e a ciência feita na Lua consome tanto dinheiro que os diretores acham que os cientistas pensam que dinheiro cresce igual capim. O dinheiro dos turistas, além de bancar os custos próprios de trazer eles mesmos para a Lua, gera uma excelente receita para os caixas da colônia lunar. Uma das coisas que esses endinheirados turistas gostam é de ninguém fuçando na vida deles. E se os turistas não gostam, os diretores da Lua também não gostam.

Mas Vargas não chamou Eduardo à toa para investigar este caso. Apesar de parecer estranho o foco de seu amigo na comilança desenfreada por amêndoas da vítima, Vargas sabia que se o caso realmente foi um assassinato, seria aquele homem cansado que estava na sua frente que iria descobrir isso.

-- Edu, vou ver o que consigo para você. Enquanto isso, vá para seu quarto e durma um pouco... – e completou – E, pelo amor de Deus, coloque um despertador. Não quero ter que pedir para abrirem seu quarto de novo!

14

Passava das 14 horas. O quarto onde Eduardo estava havia uma luz difusa bem fraca, que iluminava as paredes e os poucos objetos do cômodo de uma forma que lembrava filmes de ficção científica. Imediatamente lembrou que estava na Lua.

Levantou da cama e sentiu a pele arrepiar devido ao ar condicionado. Usando apenas cueca, caminhou até o banheiro e fez suas necessidades. A toalha que havia usado após o banho antes de dormir havia caído no chão. Ele soltou um breve resmungo antes de pegá-la e coloca-la no lugar.

Foi até a minúscula cozinha e descobriu que havia um pacotinho de 100g de café em um dos armários. De forma automática pôs a cafeteira elétrica para funcionar e, em minutos, o cheiro do café estava tomando conta do ambiente. Deu um sorriso quando leu o que estava escrito, em inglês, na embalagem do café: produto vindo das terras altas de Minas Gerais, Brasil. Em cima, umas siglas estranhas e cinco estrelinhas amarelas indicavam que estava prestes a tomar um café premiado.

Estava bebericando o café em uma caneca que achou no armário quando ouve alguém bater à porta. Ele pôs a calça rapidamente e foi até ela, abrindo uma fresta. Era Vargas.

-- Dessa vez não precisou arrombar a porta.

-- Felizmente. Foi uma burocracia da outra vez que nem te conto – disse, entrando no 54A que pertencia a Eduardo – você achou o café no armário? Quero um gole.

-- Sirva-se. Acabei de fazer. Café mineiro – apontou para a embalagem que estava na pequena pia ao lado da cafeteira.

-- Pudera. É o melhor – disse Vargas, sorrindo enquanto pegava um copo no armário e se servia com o café. Sentou e tomou um bom gole – por incrível que pareça, esse café aqui me lembrou da casa de minha avó. Você sabia que ela era mineira, né? – Eduardo acenou positivamente com a cabeça – quando criança a gente a visitava de vez em quando e, durante a tarde, ela sempre fazia esses cafés para gente. Quando a gente é criança não toma muito café, mas lembro do cheiro que se misturava com os pães de queijo e bolos de milho que ela fazia. Muito bom.

Deixaram a conversa morrer por uns segundos. Bebericavam café enquanto olhavam para o nada. Eduardo já estava acostumado com essa atitude do amigo e acabava fazendo o mesmo na presença dele. Assim que Vargas terminou o café, Eduardo resolver quebrar aquele silêncio.

-- Pois bem, o que você conseguiu para nós?

-- Você está ficando muito mal acostumado, Edu – disse Vargas de um jeito jocoso – põe uma roupa, que a gente tem umas coisinhas para resolver. Vou te atualizando enquanto formos conhecer o setor dos turistas.

Eduardo olhou para Vargas, que deu um sorriso discreto.

15

-- Pierre Dubois.

-- Esse é o nome do turista que fez as trocas com Juliano? – perguntou Eduardo.

-- Isso mesmo. Um turista com visto de 10 dias na Lua, de origem franco-americana. Saiu de Cabo Canaveral sozinho. E, cara, foi difícil conseguir isso. Naturalmente os diretores da colônia se mostraram relutantes em ceder essas informações. Tive que ameaçar em entrar com um pedido judicial caso eles não colaborassem com as investigações. Você sabe, né: como eles não querem propaganda negativa, acabaram cedendo.

-- E como você descobriu?

-- Fiz a mesma coisa que você fez: pedi para o software das câmeras de vigilância seguir o turista até que ele, eventualmente, entrasse em seu aposento. Assim que descobri qual unidade era, bastava puxar na lista de hóspedes o nome do sujeito que estava lá.

Eduardo concordava com a cabeça, à medida que pegavam os corredores para o setor de turistas. Estavam indo pelo lado mais conhecido, cheio de máquinas bonitas, vidraças enormes que era possível ver a Lua e até a entrada do espaçoporto, que se escondia por baixo da superfície. Além, claro, de gente para todo lado. Bem diferente do acesso alternativo, bem mais discreto e sem visão do lado externo e com uma única máquina de preservativos no meio.

-- Por que estamos indo para o setor de turistas? Não me diga que ele está aqui ainda?

-- Último dia de estadia. Ele estava na área de check-in do espaçoporto quando a equipe de segurança conseguiu encontra-lo. Pedi que o detivessem enquanto terminava de organizar as coisas e te chamar.

-- Meu Deus!

-- Isso não é nada. Tem mais coisas para você ainda. Nem sei o que eu conto primeiro.

* * *

Eduardo e Vargas estavam em um belo corredor todo iluminado e vasos com plantas naturais decoravam o espaço. Eduardo ainda organizava em sua mente as últimas informações que Vargas havia passado sobre Pierre. Eram, no mínimo, muito interessantes. Seu cérebro estava fervendo, organizando as perguntas e tentando criar um cenário completo da coisa toda.

-- Aqui, Edu – disse Vargas, apontando para uma das portas que estava fechada.

-- Pierre Dubois, certo? – disse Eduardo, vendo Vargas concordar com a cabeça.

Eduardo ficou de frente à porta e bateu levemente duas vezes, indicando que pretendia entrar. Abriu a porta.

-- Senhor Dubois, com licença...

Eduardo parou de falar e ficou observando o cômodo que haviam colocando Pierre. Era uma sala simples, com uma mesa e duas cadeiras. Havia uma planta natural em um dos cantos e um belo quadro que pegava quase toda uma parede oposta à porta. Uma TV em uma das paredes estava exibindo alegremente alguma programação que Eduardo não soube identificar.

A única coisa que não estava naquela sala era Pierre.

-- Mas onde foi esse desgraçado? – exasperou Vargas ao entrar depois de Eduardo e encontrar o cômodo vazio. Saiu rapidamente, gritando em inglês querendo saber onde estava o bendito homem.

Eduardo ficou observando a sala por mais alguns segundos, reorganizando as suas ideias. "Não é possível que esse tipo de coisa esteja acontecendo", pensou. Como para tirar qualquer dúvida, agachou levemente para ver debaixo da mesa e atrás da porta e confirmando algo que ele já sabia, fechou a porta atrás de si e saiu atrás de Vargas.

Encontrou o amigo falando alto com alguns seguranças, que tentavam em vão explicar que não faziam ideia de onde aquele homem estava. Como nunca haviam prendido ou mantido alguém sob custódia durante todos esses anos na Lua, os seguranças acharam que bastava deixar o homem dentro da sala que ele lá ficaria.

Observou os seguranças conversando entre si pelos rádios minúsculos que quase não apareciam de suas orelhas. Vargas estava em seu papel eletrônico, tentando puxar alguma informação relevante sobre onde Pierre estava enquanto acompanhava um dos seguranças puxar imagens das câmeras em um terminal próximo. Até que ouviu um gritar:

-- Ele acabou de usar suas credenciais para entrar no espaçoporto!

-- Merda! – gritou Vargas – Temos que impedir esse homem de pegar o foguete!

Eduardo olhou para o relógio na parede. Sabia que os voos no fim do dia saiam às 17h30 da Lua. Todos as pessoas que fossem entrar no foguete precisariam estar dentro dele até as 17 horas pois, depois dessa hora, todos os acessos ao espaçoporto estariam lacrados e ninguém mais entrava ou saía. Depois disso, o próximo voo seria apenas para o meio da noite.

O relógio na parede acusava 16h56.

Viu Vargas correr em direção ao espaçoporto, seguido de meia dúzia de seguranças. Suspirou enquanto se preparava para correr atrás daquelas pessoas. "O Vargas me tirou das férias para correr atrás de um maluco na Lua? Vou pedir um aumento, pode apostar".

Saiu correndo.

16

O espaçoporto foi uma das primeiras construções na Lua em que teve que ser refeita à medida que o empreendimento lunar ficava cada vez maior e mais movimentado. No começo, o espaçoporto nada mais era que uma área na superfície da Lua próximo a um dos braços que davam acesso à colônia. Exigia-se paciência e um bocado de fé para sair do foguete. Uma espécie de micro-ônibus entrava por baixo do foguete e a atmosfera era equalizada assim que a porta era lacrada. Os passageiros entravam no micro-ônibus e, assim que o veículo era lacrado, era aberto a saída do foguete. Assim o micro-ônibus passeava alguns metros entre o foguete estacionado no espaçoporto e a entrada da colônia. Os passageiros só podiam sair do veículo quando a porta de acesso à colônia estava hermeticamente fechada e ar fosse jogado dentro do ambiente. Para sair era o mesmo trabalho.

Assim, os engenheiros resolveram modificar a coisa toda. Com apoio financeiro de empresários que queriam facilitar ainda mais o acesso a turistas na Lua, foi construído um novo espaçoporto. Dessa vez um imenso buraco foi feito na Lua. Da superfície, uma única abertura que abria e fechava controlava tudo. Assim uma estrutura gigantesca que impressionava qualquer um ficava suspensa na superfície sustentada por pilares enormes. Os foguetes chegavam e pousavam nessa superfície que, após o pouso, descia como um êmbolo de uma seringa para dentro do enorme buraco lunar. Assim que o foguete entrava completamente nesse buraco, a abertura era completamente lacrada e o ar era injetado onde estava o foguete. Assim, o foguete simplesmente abria as portas e os turistas e funcionários podiam entrar e sair de forma mais cômoda. Até o trabalho de carga e descarga de materiais ficou mais fácil dessa forma. Na hora de ir embora, a atmosfera era bombeada para dentro da colônia e a porta do fosso era aberta. O foguete era içado para cima com a base sendo empurrada pelos pilares e, nivelando com a superfície da Lua, o foguete ligava e partia.

O antigo espaçoporto ainda era utilizada, principalmente para abastecimentos de naves que tinham Marte como destino.

Eduardo corria afastado dos demais, se guiando apenas pelos gritos de Vargas, pedindo para não fecharem o espaçoporto. Via os turistas e funcionários do setor assustados com o que estava acontecendo. Quando chegou viu Vargas soltando meia dúzia de palavrões para o pessoal que estava em uma grande porta que dava a sensação de ser muito pesada.

Olhou para o relógio e viu os números 17h04 piscarem alegremente. "Chegamos tarde demais", pensou. "Eles já lacraram a porta". Ouviu o segurança confirmar que Pierre havia passado sua credencial na última porta, indicando que ele estava lá dentro.

-- Eduardo, o que fazemos agora? Perdemos o cara! – gritou Vargas, que parecia estar vendo Eduardo pela primeira vez depois de dias – esses filhos da mãe estão dizendo que não podem fazer nada. Que isso nunca aconteceu antes e toda essa baboseira. Estão falando que precisam ver com a diretoria o que devem fazer.

Nisso um dos seguranças gritou dizendo que o bombeamento do ar estava quase completo. Mais um minuto e o ar estaria rarefeito e a porta principal na superfície seria aberta.

Eduardo olhou em volta e viu uma aglomeração além do normal naquela área. Gritou para dois seguranças afastarem o pessoal daquela área. "Não é possível que nunca tenham treinado para situações como essa", pensou irritado. "Ou foram treinados, mas como nunca passaram por isso, nem lembram direito o que deve ser feito". O que observou era um misto de gente que não sabia exatamente o que fazer e gente que não estava muito interessada em fazer algo que saísse da rotina que tinham. Para o turno dos funcionários que trabalhavam naquele setor, todo dia, naquele horário, as portas eram fechadas e lacradas. Era bombeado o ar e, estando rarefeito, a porta principal era aberta e o foguete era içado até a superfície. Às 17h30 o foguete partia e deixava a base de lançamento do espaçoporto em direção à Terra. No dia seguinte seria a mesma coisa. E no outro também.

Talvez houvesse botões no terminal daqueles funcionários que nunca foram apertados. Apesar de estarem lá para um propósito, nunca foram utilizados e as pessoas simplesmente os deixavam de lado.

A mente de Eduardo funcionava a mil por hora. Ele sabia que devia ter algo para impedir que o turista que foi um dos últimos a ver o brasileiro vivo escapasse. Ele sabia que poderiam prendê-lo quando chegasse à Terra, mas o tempo perdido na investigação seria grande demais.

-- Não é possível que as coisas acabem assim! – disse Eduardo, passando as mãos nos cabelos. Vargas observou o amigo e ficou surpreso pela mudança de humor que estava vendo nele.

-- O que você vai fazer, Edu... Edu?

Vargas viu Eduardo simplesmente sair correndo em direção ao terminal dos funcionários que ficava próximo à porta lacrada e pulou por cima dele. Os seguranças que estavam por perto agarraram uma das pernas de Eduardo, com o intuito de puxá-lo de volta.

Eduardo não teve tempo de ver a expressão de medo que estampava o rosto da funcionária, mas viu o que queria. Um botão vermelho pequeno, mas grande o suficiente para ser o que ele achava que seria.

"Tão óbvio", pensou no momento em que desceu a mão com tudo no botão, momentos antes de ser puxado pelos seguranças.

Nisso, um barulho enorme se fez, que chegou a tremer a terra onde estavam.

17

As luzes piscaram fortemente e quando voltaram, metade delas continuaram apagadas. O barulho que se fez foi alto o suficiente para balançar tudo que se encontrava lá dentro. Luzes vermelhas começaram a piscar e uma sirene começou a apitar. As telas com informações sobre os voos agora exibiam em letras garrafais com fundo vermelho:

ALERTA!
ESPAÇOPORTO DESPRESSURIZADO

As pessoas que estavam na área de acesso ao espaçoporto entraram em pânico, assim como os funcionários. Sons de sirene, gritos e pessoas correndo e se empurrando se assomavam a cacofonia que perturbava os pensamentos de qualquer um.

-- Edu, o que você fez? – gritou Vargas por cima daquele barulho.

Eduardo não teve tempo de responder. Assim que abriu a boca, ouviram um enorme barulho de ar passando por tubulações que deveriam estar instaladas nas paredes e sobre o chão onde pisavam. Era possível sentir os pés vibrando com a passagem de tanto ar de uma única vez. As telas exibiam outra mensagem, dessa vez em fundo amarelo alaranjado:

Vargas olhou para Eduardo, que estava entendendo o que ele havia feito.

-- Não era possível não ter um botão de emergência nessa porcaria de lugar – gritou Eduardo, ainda sobre o barulho das sirenes e luzes piscando. O ar pressurizado, que passava violentamente pela tubulação, parecia estar passando com mais calma naquele momento. Eduardo chegou a ter um leve receio de que essa mudança brusca de pressão e todo aquele ar passando por ali acabasse estourando vidros e rompendo o encanamento. "Daí o negócio ficaria feio", pensou. Segundos depois, as luzes vermelhas pararam de piscar e a sirene calou-se. As luzes ainda não haviam voltado em sua totalidade, mas estava claro o suficiente. Eduardo apenas ouvia o choro de algumas pessoas ao seu redor e olhares assustados que tentavam vasculhar todos os lados ao mesmo tempo.

Nas telas, um novo aviso apareceu, em um calmo e mais relaxante fundo verde:

Nisso, as luzes das travas da porta de acesso ao espaçoporto que estavam vermelhas até então, exibiram uma suave luz verde. Vargas viu o mesmo que Eduardo e já berrou:

-- Abram essa porta!

-- Mas senhor, não podemos... – começou a dizer um dos seguranças.

-- Abram essa maldita porta agora!

Eduardo imaginou que, se não tivessem impedido que Vargas trouxesse sua arma para Lua, ele a teria empunhado naquela hora. Felizmente o segurança acenou com a cabeça para os funcionários do terminal, que tocaram na tela. A porta fez um leve barulho de ar, destravando.

-- Me sigam! – gritou Vargas, enquanto abria a pesada porta, sendo seguido pelos seguranças e por Eduardo.

A área de embarque e desembarque do espaçoporto era uma construção invejável. Um buraco com mais de 100 metros de profundidade onde o foguete ficava em uma plataforma de lançamento que subia e descia por esse fosso, levando o foguete até a superfície da Lua, onde ele voaria para a Terra. O mesmo ocorria o contrário: a plataforma ficava na superfície da Lua esperando a chegada de um foguete, para depois descer pelo fosso e permitir que as pessoas entrassem de vez na Lua. Quando a plataforma estava na base do buraco, como agora, a superfície era fechada por um incrível sistema de portas automáticas enormes, que permitiam que as pessoas entrassem e saíssem do foguete sem necessidade de roupas espaciais ou de algum veículo que as protegesse do ar rarefeito.

Cheirando a poeira lunar, o ar seco entrou pelas narinas de Eduardo, que corria atrás de Vargas e de meia dúzia de seguranças. Um deles, a pedido de Vargas, pedia para os controladores de voo da Lua para que informasse o piloto do foguete de que precisavam entrar.

Apesar do fosso do espaçoporto ser bem fundo, o acesso a ele e a entrada para o foguete não ocorria no nível da base do buraco. Lá se encontravam os propulsores, combustível e toda a parafernália que permitiam o foguete voar. As portas de entrada dos viajantes e de toda a tripulação ocorria na porção superior do foguete. Equipamentos, alimentos e tudo mais que era transportado entre Lua e Terra eram organizados nos compartimentos de carga um pouco abaixo. Assim, Eduardo e os demais corriam em uma plataforma pelo menos 60 metros acima da base de lançamento onde se encontrava o foguete.

Ao chegarem perto de uma das portas de acesso ao foguete, um rapaz e uma moça assustados estavam esperando. Pelas roupas, Eduardo entendeu de que faziam parte da tripulação do foguete. Eles já haviam sido informados de que seguranças e dois policiais brasileiros queriam entrar de qualquer jeito no foguete. Vargas disparou, em seu inglês afobado, estar procurando um passageiro chamado Pierre Dubois. A moça conseguiu entender mais rápido o pedido de Vargas e entrou com ele para procurar a lista de passageiros. Os seguranças entraram em seguida.

Eduardo não era o tipo de policial que saía correndo atrás das provas. Geralmente as provas apareciam até ele. Apesar de achar que correr pela Lua fosse mais fácil, já que a gravidade lunar é menor que da Terra, o esforço para sempre saber onde seu passo iria parar e de se manter em equilíbrio o faziam cansar mais rápido. Como o foguete não iria para lugar nenhum, resolveu descansar um pouco antes de continuar a aventura. Ainda de pé, apoiou as mãos nas pernas e puxou o ar fortemente.

-- O senhor está bem?

Eduardo levantou a cabeça e viu o rapaz que ainda estava na porta olhando com o mesmo ar assustado do começo.

-- Sim, estou bem. Apenas não estou acostumado a correr tanto assim – disse, com um leve sorriso nos lábios – se você tiver uma garrafa de água, eu agradeço.

O rapaz fez um sim com a cabeça e entrou rapidamente no foguete. Segundos depois apareceu com uma garrafa de água gelada em mãos. Eduardo agradeceu o gesto do rapaz e tomou um longe gole da água. Resolveu olhar a embalagem e achou graça. Estava escrito "feito na Lua".

Depois de perceber que havia recuperado o fôlego, resolveu entrar e ver se já tinham achado Pierre que havia acabado de fazer a companhia que opera os foguetes perder tempo e dinheiro e trazer dor de cabeça para os operadores de tráfego espacial para reorganizar todas as janelas de voo do dia.

Assim que Eduardo entrou no foguete, ouviu Vargas gritar algo que ele não entendeu. Ao virar o corredor de acesso dentro do foguete, Vargas apareceu em sua direção, dizendo de forma exasperada:

-- O maldito do Pierre não está no foguete!

-- Quê? – foi a única coisa que saiu da boca de Eduardo, que estava incrédulo.

18

-- Convenhamos, o filho da mãe é inteligente.

-- Não venha falar bem desse desgraçado para mim agora, Eduardo. Quem vai ouvir um sermão por termos parado um voo sem necessidade não será você!

-- Mas ele foi esperto, admita. Ele sabia que o tempo que tínhamos para pensar era curto e o fato dele simplesmente passar as credenciais dele nos sensores, mas não entrar nos lugares nem passou por nossas cabeças.

Vargas soltou um suspiro de desaprovação enquanto andavam nos corredores do setor dos turistas, acompanhado de um dos seguranças.

-- Mas ele agora está no alojamento dele e não saiu de lá. Ele não é muito esperto no fim das contas, apenas ganhou uns minutos – disse Vargas – e conseguiu me deixar puto.

Depois de descobrirem que Pierre não estava no voo, os seguranças procuraram os movimentos dele pelas câmeras de vigilância e descobriram que, além de ter usado suas credencias em todas as portas, máquinas e sensores que ele podia, talvez para confundir a segurança sobre onde ele estava, ele havia entrado em seu quarto no setor dos turistas e lá estava. Como a porta a qual entrou era a única por onde se pode entrar e sair, ele estava lá dentro até então. Alguns seguranças do setor já estavam à porta, esperando a chegada dos policiais.

-- Meu Deus, Vargas! Será que ele não pretende dar fim à própria vida?

-- Merda! – virou para o segurança que estava com eles – peça para arrombar a porta agora. Ele pode estar tentando se matar lá dentro!

O segurança arregalou os olhos e soltou a suposição para os colegas que estavam à espera frente ao quarto de Pierre. Ao ouvirem essa possibilidade, os seguranças arrombaram a porta destravando o mecanismo eletrônico. Apesar do cômodo ser pequeno, demoraram para perceber que Pierre estava trancado dentro do banheiro. Como a trava do banheiro não é eletrônica, eles tiveram que arrombar à moda antiga. Empurrando com toda a força até soltar o pino que a trancava.

Na mesma hora, Eduardo e Vargas chegaram ao quarto de Pierre e assimilaram na mesma hora o que estava acontecendo.

Pierre estava sentado do vaso sanitário, com o braço esticado em direção à porta arrombada e com um belo pedaço de vidro nas mãos, provavelmente de um copo que estava no armário. Ele gritava em um inglês histérico:

-- Não cheguem perto de mim! Eu não tenho culpa de nada, me deixem em paz!

Eduardo, que tinha algum conhecimento sobre acalmar vítimas e suspeitos, tentou abriu um diálogo com Pierre. Ele viu que a mão que ele segurava o vidro estava sangrando. Gotas gordas de sangue pingavam pelo chão e em suas roupas.

-- Pierre, vamos conversar com calma. Não há necessidade de nada disso... o que queremos é apenas saber algumas coisas...

-- Mentira! Eu sei que vocês querem! Mas eu não fiz nada! – gritou, apertando o vidro em sua mão, fazendo um fio de sangue descer pelo cotovelo.

-- Pierre, por que a gente não conversa com mais calma... quer que eu peça para eles saírem? Eu...

Vargas, que estava sem paciência para esse tipo de cena, em um rápido movimento, puxou a arma de choque que estava no coldre de um dos seguranças, empurrou Eduardo para o lado e disparou certeiro no ombro de Pierre.

O suspeito apagou no mesmo segundo.

19

Eduardo lia algumas coisas que estavam anotadas em seu papel eletrônico. Estava sentado quando recebeu uma notificação em seu papel eletrônico, indicando que havia recebido um relatório urgente que havia marcado como prioridade. O que leu confirmou que estava pensando. "Então realmente era isso mesmo. Obrigado Dra. Cristine por me forçar a ler notas de rodapé durante o curso", pensou Eduardo, sem esconder o sorriso no rosto.

As peças estavam se encaixando em sua mente. Eduardo conseguia vislumbrar a coisa de forma mais clara agora. Juntando o que havia lido naquele instante em seu papel eletrônico com as informações que Vargas passara antes de toda a aventura da perseguição, ele estava chegando perto do fim do caso.

-- Só preciso confirmar se foi intencional ou não.

Sua atenção, que estava presa ao papel eletrônico e aos seus pensamentos foi desviada para a porta que estava a sua frente. Apesar de tentarem manter um tom de voz em um nível civilizado, os diretores da colônia da Lua discutiam com Vargas, que estava em uma das salas de reuniões no setor administrativo. Eduardo esperava no corredor que dava acesso e não podia evitar de ouvir a intensa discussão que saía lá de dentro. "Você viu o pânico que vocês causaram lá no espaçoporto?", "Que tipo de abordagem é essa que vocês utilizaram?", "Tirar uma arma sob proteção de um agente de segurança sem sua autorização e atirar em outra pessoa? Que merda você tinha na cabeça?". Vargas, com sua voz forte, não se abalava e respondia no mesmo tom. "As pessoas se assustam mesmo. Quero ver quando elas souberem que uma pessoa morreu aqui e vocês nem queriam investigar". "Eu sou um agente da lei e minha investigação levou a atos com anuência da legislação internacional, me poupe!".

Estava quase desistindo de continuar a acompanhar trechos da conversa que se desenrolava lá dentro quando a porta abre de forma abrupta. Era Vargas, saindo de forma enérgica da sala de reuniões.

-- Vamos, Edu. Não quero ficar perdendo tempo com essa baboseira burocrática. Temos um suspeito para interrogar.

Claro que a diretoria sempre tinha a última palavra. Enquanto Eduardo se levantava e dobrava o papel eletrônico para por no bolso, um membro da diretoria apareceu na porta e esbravejou:

-- Quero ver se você continua com essa coragem quando eu me comunicar com o Ministro da Justiça de seu país e contar para ele o que vocês fizeram aqui!

Mas Vargas com certeza não ligava em deixar uma boa impressão para o pessoal da Lua. Enquanto caminhava, se virou e apontou o dedo do meio para o diretor, mandando-o enfiar a conversa com o Ministro onde bem entendesse.

-- Você sabe que nunca mais vai pisar na Lua, não é?

-- Tô nem aí. Prefiro mil vezes vê-la sentado na beira-mar em Copacabana no fim do dia com uma cerveja gelada na mão que ficar brincando de astronauta nesse fim de mundo – ele parou brevemente e olhou para Eduardo – você sabe que passei uma enorme corda no meu pescoço por sua causa, né?

Eduardo sabia. Mesmo ele tendo falado tudo aquilo para o diretor, ele ainda precisaria prestar contas com o governo brasileiro. Dois agentes da lei foram enviados para resolver um provável primeiro caso de assassinato na Lua e, até então, haviam causado mais problemas que soluções. Mas o que havia acabado de ler trouxe um fôlego para sua linha de investigação. Agradecia por Vargas confiar em sua intuição e na capacidade de ligar pontos díspares, e se fez tudo aquilo é por que confiava nele. Ele precisava estar certo sobre a investigação. Sem pensar duas vezes, Eduardo bateu no ombro de seu amigo, sorriu e disse:

-- Eu estou tão certo que a primeira coisa que você vai fazer será me pagar uma bebida quando pisarmos no Brasil.

-- Então somos dois, amigo – sorriu de volta.

20

Pierre estava em um quarto vigiado do setor de saúde da colônia. Devido ao corte com vidro em sua mão, assim que foi desacordado com o choque elétrico da arma que Vargas disparou, ele foi levado ao hospital para estancarem e fecharem o ferimento. A equipe médica já estava a postos quando os seguranças levaram o homem desacordado e os procedimentos foram feitos de forma rápida. Eduardo descobriu que acidentes com vidro na Lua eram mais comuns que ele acreditava ser possível. Como o peso das coisas é diferente, as vezes as pessoas desacostumadas aplicam mais força do que necessário nesses materiais e, algumas vezes, o simples fato de levantar um copo ou colocá-lo na mesa pode fazê-lo voar e acabar quebrando.

Foram informados, assim que chegaram ao hospital, de que Pierre já estava acordado e reclamando de ter suas liberdades cerceadas sem nem ao menos saber o que se passava. Os seguranças não sabiam mais o que fazer e a equipe médica já estava entrando em desespero. Era possível ouvir as reclamações de Pierre ainda no corredor.

Mas foi apenas Vargas entrar na sala, seguido por Eduardo, para que Pierre parasse de incomodar os funcionários da Lua. "Realmente ter atirado nele com a arma de choque foi mais eficaz do que eu pensava", observou Eduardo.

Depois de passado toda a aventura para captura-lo, Eduardo observou Pierre pela primeira vez. Seus traços não escondiam sua ascendência francesa. De nariz aquilino e cabelo preto bem cuidado, Pierre exalava uma espécie de charme que apenas os franceses sabiam cultivar. Eduardo sabia que ele era mais americano que francês, já que apenas seu pai era francês e havia se casado com uma americana, mas percebeu que a genética de seu pai, mesmo não o conhecendo, estava forte no rapaz que estava sentado no leito do quarto. A mão enfaixada era a única coisa que destoava do conjunto. E claro, das manchas de sangue na manga da camiseta e na calça.

-- Senhor Pierre Dubois, finalmente conseguimos nos ver com mais calma, não é? – começou Vargas, chegando próximo de Pierre, dizendo em um inglês que não escondia sua irritação – saiba que o senhor me trouxe muita dor de cabeça e muitas mais ainda virão. Mas, se o senhor me ajudar, além de aliviar minha barra, adivinhe – tocou de leve no ombro que foi alvo de seu tiro anteriormente. O toque com o dedo, mesmo leve, incomodou mais que devia a pele sensível da área atingida de Pierre, que fez uma careta – eu consigo aliviar a sua barra, não é ótimo?

Pierre ficou em silêncio por uns segundos. Após olhar para Vargas e jogar os olhos rapidamente em Eduardo, disse:

-- Não sei se posso ajudar vocês em alguma coisa. Não fiz nada de errado.

-- Para quem diz que não fez nada de errado, sair correndo por toda a colônia e quase perder todo o sangue do corpo não condiz muito com o que você está dizendo.

-- Meus direitos estão sendo ignorados aqui. Quero contactar meu advogado. Sei que tenho direito a uma ligação.

-- O senhor não está preso para pedir isso – e, de forma deliberada, ignorou o restante do que Pierre havia dito, apontando para o perito – Quero te apresentar meu amigo Eduardo. Ele que estava tentando fazer você se acalmar antes, lembra? Ele é muito mais paciente que eu, então eu acho que vocês podem se dar bem conversando. Se você responder as perguntas dele e ele ficar feliz, eu fico feliz e, no final, você também ficará feliz. Pode apostar, não é Edu?

-- Sim. O que queremos saber são coisas simples, Sr. Dubois. Precisamos apenas entender algumas coisas que andaram acontecendo por aqui.

Pierre ficou fitando Eduardo por uns segundos. Estava nítido que estava pesando as coisas em sua cabeça.

-- Que coisas? – perguntou, por fim.

-- Sabemos que você trouxe alguma coisa para trocar com um dos funcionários da Lua. Vimos os registros nas câmeras. E antes de dizer que não sabe de nada, vimos você conversando com esse funcionário perto da máquina de preservativos.

-- Não sei do que você está falando.

-- Sr. Dubois, me ajude. Eu sei que vocês se encontraram. Eu vi nas câmeras.

-- Me disseram que ali era seguro, que ninguém descobriria – disse, mais para si que para Eduardo.

-- Realmente ali é um lugar bem calmo para fazer isso, ainda mais pensando que estamos na Lua. Nosso problema aqui não é você ter se encontrado com um funcionário e trocado algo com ele. Se fossemos autuar quem fizesse isso, teríamos que fechar a colônia na Lua. O que queremos saber foi o que você deu para ele nesse dia.

-- Foram apenas uns doces, nada demais...

Agora estava chegando a hora de ir soltando as coisas que ele sabia sobre Pierre. Claro que não eram doces. Eduardo percebeu pela expressão de Vargas que seu amigo já sabia qual a próxima abordagem que iria tomar.

-- Vamos Sr. Dubois, eu sei que não foram doces. Era algo que nosso amigo que esteve com você amava.

-- Eram apenas doces, não sei do que você está falando.

Eduardo deu um suspiro.

-- Apesar de eu estar te chamando apenas de senhor, eu sei que o mais correto nesse momento seria chama-lo de doutor, não é mesmo?

-- Agradeço a preocupação, mas um título é apenas um título.

-- Vejo que o senhor pensa da mesma forma que muitos doutores que conheço. Mas não podemos negar que o senhor se esforçou para o seu doutorado, não é? Tenho um amigo em meu país, o Brasil, que é biólogo, sabia? Ele me disse que botânica é algo muito, mas muito complicado. Tem que realmente amar essa área para continuar nesse ramo. E, para quem tem um doutorado em botânica pela Universidade de Joanesburgo, você realmente deve amar essa área.

-- Sim, amo botânica, mas o que minha especialização tem relação com isso que estamos passando?

-- Eduardo, estou voltando a ficar sem paciência. Ele está ajudando você ou não? – questionou Vargas, abrindo a boca depois de um tempo quieto em um canto próximo à porta. Eduardo olhou para seu amigo e se virou para Pierre, em tom confidencial.

-- O que eu respondo para ele? Se eu contar a verdade, acho que ele não vai gostar muito. Mas posso dizer que estamos indo bem e daí você me conta o que eu realmente quero saber, o que acha?

Pierre olhou novamente para Eduardo levemente assustado, e percebeu que Pierre estava novamente pesando as consequências de abrir ou não a boca. "Vargas sendo Vargas", pensou.

-- Diga que está indo bem – sussurrou de volta Pierre.

Eduardo soltou um sorriso e acenou a cabeça, concordando.

-- Está tudo indo bem, Vargas. Estamos conversando muito bem – disse, em tom fraternal. E, em seguida, de volta a Pierre, sussurrou – então é bom abrir essa boca e falar a verdade para mim por que eu já estou ficando sem tempo e sem paciência, compreende?

Pierre teve um leve sobressalto. Eduardo também sabia fazer o papel de durão quando precisava. Demonstrar que seu pavio não era tão longo quando achavam que fosse ajudava. Pierre caiu nessa.

-- Eram amêndoas.

-- Amêndoas?

-- Sim. Amêndoas, do gênero *Prunus*. O laboratório que trabalho na Terra tem um setor de pesquisas com elas. Temos um monte delas. Trouxe aqui por que sabia que ele... que... alguém iria se interessar em trocá-las.

-- Ora, fizemos um avanço, mas percebi que você deu uma escorregada no final. Confesse, você trouxe essas amêndoas especificamente para ele.

-- Isso é ilegal?

-- Se é ilegal, eu não sei. E isso agora não me importa muito. O que eu quero saber é como você descobriu que existia uma pessoa dentro da Lua ávida por suas amêndoas. E sabemos que não eram quaisquer amêndoas que estamos falando. Você mais que ninguém sabe disso!

-- O que você está falando? Eu... eu... apenas trouxe as amêndoas aqui na Lua...

-- Vargas, me ajude.

-- Espere! – gritou Pierre. Os olhos dele varriam o pequeno quarto. Agora ele estava acuado próximo à cabeceira da cama onde estava sentado.

-- E então? – disse Vargas, ríspido.

-- Um amigo me pediu para trazer essas amêndoas, pois sabia que alguém que ele conhece iria quere-las de qualquer jeito – disse Pierre, demonstrando que estava cansado de ficar segurando aquilo.

-- E que amigo é esse?

-- Um amigo que eu conheço...

-- Chega de respostas vazias, Pierre! Quem pediu para você trazer essas amêndoas? – gritou Eduardo.

-- Foi Clay... – olhava assustado para Eduardo – ele trabalha no mesmo laboratório desse cara que entreguei as amêndoas. Ele disse que ele queria muito. Mas daí ele me disse para pegar as amêndoas mais amargas que eu conhecia.

-- Amêndoas amargas? – questionou Vargas. Antes de continuar, ele viu que Eduardo fez um gesto com as mãos. Pedia que esperasse.

-- E você está num laboratório que trabalha com pesquisas com amêndoas, certo?

-- Sim...

-- E você sabia de amêndoas muito amargas que tinham por lá e achou que seria uma boa ideia trazê-las para a Lua para consumo.

-- Mas o fato delas serem mais amargas que o normal não seria problema para comer de vez em quando.

-- Mas você estava ciente que o pedido de Clay para trazer as mais amargas era justamente para alguém que consumia quilos delas por mês.

-- Eu... eu não sabia...

-- Pierre, Pierre. Me ajude.

-- Eu não sabia! Juro! Pensei que quem consome amêndoas freneticamente deveria saber que todas elas têm cianeto.

-- Cianeto? Que merda é essa? Eu ouvi esse gringo certo, Edu? – Vargas questionou incrédulo. Eduardo ignorou por ora.

-- Pierre, você cometeu um erro básico, mas grave. Nem todo mundo tem o mesmo conhecimento que você. Não é porque seu conhecimento em botânica abrange muitos níveis que significa que essa informação é tão elementar como saber que o sangue transporta oxigênio.

-- Mas Clay pediu por essas. Ele é espeleólogo e sabia disso...

-- Você supôs que se Dr. Clayton sabia disso, o outro também saberia, mas a pessoa que você entregou aquelas amêndoas era apenas um geólogo brasileiro apaixonado por elas. E agora ele está morto, envenenado por cianeto.

-- Quê? – a voz de Pierre sumiu.

-- Por qual razão a polícia brasileira estaria correndo atrás de você na Lua, Pierre? Escambo de amêndoas? Infringir leis sanitárias?

Eduardo olhou para Vargas, que olhava incrédulo para ele. Era possível ver um enorme ponto de interrogação em sua cara.

-- Como... ele não pode estar... digo, era amêndoas. Apenas isso... – Pierre estava dizendo sem ligar as palavras em uma sentença lógica.

-- Ele sempre comeu amêndoas. Mas as não amargas, que encontramos em qualquer lugar. Comia tanto que impediram que ele comprasse por vias normais na Lua. Quando você trouxe as suas amêndoas, ele comeu várias de uma única vez. No mesmo dia que você entregou o pacote com amêndoas para ele, ele morreu por envenenamento.

Pierre olhava par Eduardo, mas seus olhos estavam perdidos no vazio. Parecia que estava tentando ver o planeta Terra por trás dele, de toda o concreto e armação que mantinha a colônia humana em pé na Lua. Vargas puxou brevemente Eduardo para o lado, vendo que Pierre não estava mais prestando atenção neles.

-- Que porcaria é essa que você está falando? – disse, em um sussurro sem muito sucesso.

-- Enquanto você mandava a diretoria da Lua à merda, chegou os dados da autopsia feita pelo IML no Rio de Janeiro. Envenenamento por cianeto.

-- Mas que porra é essa? Envenenamento?

-- Sim.

-- Mas como?

-- Então... – Eduardo foi interrompido pelo empurrão que sentiu em seu corpo. Pierre estava voando em direção à porta. Por sorte, Vargas a havia trancado. Por azar, estavam apenas os dois para conter o descontrole de Pierre dentro do minúsculo cômodo.

-- Eu não matei ninguém, eu juro. Eu apenas trouxe amêndoas, nada mais que isso! – gritava Pierre, batendo na porta. Vargas agarrou os braços de Pierre por trás e o jogou no chão.

-- Pegue a chave em meu bolso e peça para alguém apagar esse cara, ele vai acabar fazendo besteira se fugir daqui! – gritou Vargas para Eduardo.

Eduardo olhou assustado para a dificuldade que Vargas estava tendo em conter Pierre, que era mais magro e um pouco mais baixo que seu amigo. Começou a passar as mãos nos bolsos do paletó de Vargas, enquanto ouvia os seguranças que estavam fora baterem na porta energicamente, pedindo que abrissem a porta para saber o que se passava.

Finalmente, depois de segundos que pareceram uma eternidade, com Pierre sendo contido da melhor forma possível,

Eduardo conseguiu achar a chave e destrancou a porta. Gritou para a enfermeira para aplicar algum calmante no homem o mais rápido possível, enquanto era empurrado pelos seguranças que entravam as pressas para ajudar Vargas a conter o homem que não parava de gritar que não era nenhum assassino.

A enfermeira, que estava assustada, apenas ficou olhando para Eduardo sem saber o que fazer. Felizmente, nesse momento, chegava no corredor alguém que ele conhecia. Era o médico alemão que havia cuidado de Audrey e estava passando para saber que bagunça era aquela que estava acontecendo em seu hospital.

-- Dê algo para aquele homem. Ele vai quebrar o setor inteiro! – gritou Eduardo.

O médico, sem perde tempo, correu até onde estava a enfermeira e abriu o armário com seringas e medicamentos. Num rápido movimento, espetou a agulha da seringa em uma ampola e disparou de volta ao cômodo onde estavam contendo Pierre.

Haviam conseguido prender ele firmemente no chão, mas ainda soltava impropérios e gritava o quanto seus pulmões conseguissem.

Vargas gritava pedindo que fizessem alguma coisa urgente, quando o médico chegou e sem perder tempo enfiou a agulha até o fim perto do ombro de Pierre e soltou o líquido lá dentro. Pierre soltou um uivo e Eduardo jurou que, se o médico não tivesse sido mais rápido, a agulha se quebraria dentro do braço do doutor em botânica.

-- O que você aplicou nele? – gritou Vargas.

-- Um anestésico forte. Ele vai apagar em segundos.

-- Eu não matei ninguém... eu não matei ninguém... eu não... eu... – os gritos de Pierre foram ficando mais baixos, até alcançarem o leve sussurro.

Então ele apagou.

21

Apesar da maior parte do esforço físico ter ficado para Vargas, Eduardo estava exausto. Não sabia se todo o esforço mental somado à vida maluca que estava tendo nas últimas horas eram responsáveis por isso ou o simples fato de estar na Lua mexia com o funcionamento de seu corpo.

Após Pierre apagar sob ação do anestésico e de colocarem ele no leito, o médico alemão solicitou que as enfermeiras se acalmassem e fossem ajuda-lo a monitorar o paciente rebelde.

Eduardo saiu do quarto e se apoiou na parede do corredor próximo. Viu que havia uma máquina de água gratuita alguns passos de distância e foi até lá pegar uma garrafa. Passou sua credencial e uma garrafa se fez cair no bocal onde ele alcançou a garrafa transparente. Abriu e tomou quase a garrafa toda de uma vez.

-- Sr. Eduardo?

Mal terminou de tomar sua água, Eduardo viu um par de olhos azuis profundos olhando fixamente para ele. Audrey estava mais corada e, sem as roupas tradicionais de hospital, podia ver melhor o desenho de seu corpo. Era magra e tinha um aspecto delicado, mas que ainda assim conseguia aguentar o trabalho duro quando estava explorando rochas Lua afora.

-- Dra. Christie... digo, Audrey. Vejo que está melhor.

-- Sim, recebi alta cerca de meia hora atrás. Me assustei com os gritos e barulho de coisas caindo. Parece que o senhor se envolveu em alguma aventura por aqui.

-- Nem sei por onde começar... – disse, dando um leve sorriso cansado. Nesse momento, Vargas aparece esbaforido vindo do quarto onde agora Pierre dormia.

-- Mas que porra é essa de envenenamento, Eduardo?

Audrey olhou assustada para Vargas, que só reparou na sua presença depois de quase esbarrar nela. Eduardo percebeu que Audrey não havia entendido nada do que Vargas havia dito, já que ele chegou falando em português.

-- Sinto muito, Dra. Christie, não vi a senhora. Parece que está melhor – disse Vargas, se recompondo, em inglês.

-- Agradeço a preocupação. Sim, estou melhor. Gostaria de saber se conseguiram descobrir alguma coisa.

Vargas olhou para Eduardo como se a investigação estivesse sob sua responsabilidade e que as decisões fossem tomadas por ele. Eduardo gostava dessa liberdade que seu amigo colocava sob seus ombros, mas às vezes gostaria de alguém que simplesmente o ajudasse a colocar rédeas na situação. Pensando em tudo em que havia visto naqueles últimos dias na Lua, desde as conversas que teve com Audrey, o encontro breve com Clayton e tudo que havia aprendido e descoberto sobre a vida de Juliano e o encontro com Pierre que o levou à morte, ele olhou para Audrey, que o observava.

-- Juliano foi envenenado – simplesmente soltou, em inglês, para que Audrey compreendesse sem delongas.

Eduardo viu os olhos até então determinados de Audrey perderem o brilho. Percebeu que o chão havia sumido para ela. Talvez, em seu âmago, esperasse que a investigação mostrasse que ele morrera por qualquer outra coisa natural e que os médicos haviam se equivocado. Teria sido ruim, mas melhor que ele ter sido alvo de um assassinato. E agora ele estava lá, vendo Audrey perder a força nas pernas e usando o seu braço como apoio. Seus olhos miraram os de Eduardo e uma voz vazia saiu de seus lábios:

-- Ele foi o quê?

-- Os dados que recebemos da Terra indicam que ele foi envenenado. Por cianeto.

-- Cianeto? Mas... como? – Audrey soltou o braço de Eduardo e sentou no chão. Os dois policias se olharam. Eduardo se agachou e ficou de cócoras, para manter o mesmo nível no olhar enquanto falava com ela. Vargas fez o mesmo em seguida.

-- Descobrimos que o homem que você ouviu gritar um pouco antes era um turista que trouxe amêndoas amargas para Juliano. Essa variedade que ele teve acesso tinha um alto teor de cianeto. As amêndoas normalmente possuem cianeto, algumas mais ou outras menos. A maioria que nós comemos não irão nos matar, mesmo se comêssemos várias de uma vez, como fazia Juliano. Mas essa variedade que ele trouxe aparentemente tinha quantidades de cianeto muito alta. Foi o que fez Juliano falecer. E foram as mesmas que trouxeram você até este hospital. Você havia dito que havia comido algumas que Juliano havia dado para você e que ele havia conseguido, não é?

Audrey concordou com a cabeça. Eduardo olhou de relance para Vargas e viu que ele havia entendido a explicação que havia dado e que as peças deviam estar se encaixando em sua mente.

-- Mas como esse cara entrou na Lua com amêndoas envenenadas?

-- Os turistas não passam por uma vistoria tão rígida quanto os funcionários para trazerem coisas para a Lua. E, visualmente, as amêndoas são muito parecidas. Ninguém iria saber a diferença. Mas, o que queremos saber agora é, por que ele trouxe essas amêndoas para Juliano.

-- Como assim? Ele trouxe as amêndoas apenas para ele?

-- Sim.

-- Mas ele conhecia esse turista?

-- Não... mas Clayton sim.

-- Quê? Clay? O que ele tem a ver com isso? – os olhos de Audrey arregalaram e agora toda a atenção do mundo estava voltada para Eduardo. Ele sabia que devia falar do jeito certo para atiçar Audrey. Não queria ver o circo pegar fogo, claro, mas sabia que ela tinha uma atitude muito forte em cima de Clayton e isso poderia ser usado ao seu favor.

-- Descobrimos que Pierre, o turista que trouxe as amêndoas para Juliano, era amigo ou conhecido de Clayton. Foi Clayton quem pediu para Pierre trazer especificamente essa variedade de amêndoas, pois ele sabia que Juliano estava louco atrás delas. Claro que o fato delas serem perigosas não foi mencionado para Juliano em nenhum momento.

-- O que você está dizendo com tudo isso? Que Clay pediu para que matassem Juliano?

-- Não, o que eu te disse é que Juliano comeu amêndoas com quantidades perigosamente altas de cianeto que foram trazidas até a Lua por Pierre a pedido de Clayton. O que queremos saber agora é o motivo dele ter pedido justamente esses tipos de amêndoas que seriam perigosas para qualquer pessoa consumir, mesmo em pequenas quantidades, como foi o seu caso, certo?

Audrey olhava para Eduardo. Seus olhos estavam vazios. Transmitiam a incredulidade da descoberta. Juliano foi morto por envenenamento por consumo de algo que ele gostava e Clayton, seu amigo de laboratório, tinha algo nessa história toda. A mente de Audrey estava fervendo organizando todas as ideias, novas e antigas, em uma ideia concisa e organizada. Seus olhos iam de um lado a outro sem parar, como se estivesse vendo nomes, situações e pessoas na sua frente e, a seu bel prazer, as organizava de forma a montar a história toda em uma linha do tempo crível.

Uma fagulha de raiva acendeu em Audrey. Eduardo viu isso no mesmo momento em que seus olhos ficaram fixos e sua respiração ficou rápida. Estava claro que as coisas não estavam completamente resolvidas. Pelo menos não ainda.

De forma que chegou a assustar a dupla de brasileiros, Audrey levantou abruptamente do chão, se segurando na parede segundos depois, se arrependendo de ter levantado mais rápido que seu corpo estaria acostumado. Meio trôpega, saiu em direção à saída do hospital. Eduardo e Vargas se olharam e saíram correndo atrás de Audrey. Tentaram falar alguma coisa sobre ela não sair correndo, mas seus passos não estavam indicando fuga, apenas que queria chegar rapidamente em algum lugar.

A recepção do hospital.

Eduardo deveria saber. Vargas também.

Audrey era a única que havia montado a história na sua cabeça e sabia.

Clayton estava esperando por ela na recepção do hospital. Apesar de simples, estava elegante, como qualquer pessoa que sabe que qualquer coisa lhe caía bem. Um leve perfume amadeirado dominava a sala da recepção e Eduardo suspeitou que vinha exatamente dele.

Ele exibia um leve sorriso quando ela surgiu do corredor para a sala de recepção, mas que se desfez no mesmo momento em que viu a expressão nos olhos de Audrey. Sua expressão mudou ainda mais quando os dois brasileiros apareceram atrás dela. Institivamente, Clayton mudou de postura. Se antes estava altivo e bem apessoado, agora parecia mais acuado e deu um discreto passo para trás assim que os três apareceram na sua frente. Mudanças discretas, mas que Eduardo percebeu.

-- Me diz que é mentira? – gritou Audrey, pouco se importando com as pessoas ao seu redor. Eduardo ouviu dois enfermeiros dizerem entre si algo em espanhol e uma pessoa que estava na recepção parecia saber espanhol também e respondeu algo no mesmo idioma.

-- Audrey, querida. O que houve? – disse Clayton, voltando com um sorriso no rosto. Mas o nervosismo continuava claro como o dia.

-- Você pediu para trazerem amêndoas venenosas para Juliano? Me diz que isso é mentira, me diz! – gritou, batendo no peito dele.

-- Audrey, você está louca? Que história é essa?

-- Descobriram que Juliano foi envenenado por ter comido amêndoas venenosas. E que você que pediu que trouxessem essas amêndoas para ele! Por que, Clay? Por que? O que ele te fez? – Audrey não estava ligando em deixar as lágrimas rolarem pela face, mas ainda mantinha a pose firme de confronto. Apesar de tentar manter a calma, os olhos de Clayton varriam a sala toda, olhando para todos os olhos que o observavam. Ele não estava gostando daquilo – Me responda! – Audrey gritou.

-- Eu... eu não sei do que você está falando!

-- Eu sei que você e Juliano não eram amigos íntimos e nada, mas ele era um bom colega de laboratório. Ele sempre te ajudava em seus experimentos e até mesmo disse para nosso chefe que era culpa dele ter queimado aquele equipamento para livrar a sua cara, lembra? O que ele te fez para você mandar... mandar... não... você! Você matou Juliano, Clay? Me diz que isso não é verdade! – Audrey agarrou com força na camiseta até então alinhada de Clayton.

-- Absurdo! Eu... ele... jamais!

-- Dr. Christensen – interveio Eduardo. Era hora de trazer mais luz a questão – Conseguimos achar Dr. Dubois, seu amigo, antes de conseguir pegar o voo de volta à Terra. Ele nos confessou sobre as amêndoas amargas com alto teor de cianeto que o senhor pediu para ele trazer exclusivamente para Juliano. Algumas destas amêndoas foram dadas por Juliano para Audrey. Ela foi internada por conta disso. Recebemos a autópsia de nosso instituto de investigação do Brasil e eles confirmaram o envenenamento. Sabemos que o senhor pediu para Dr. Dubois trazer estas amêndoas para ele. Por que?

Clayton parecia entorpecido. Como se não acreditasse que alguém, em sã consciência, o acusasse de um crime tão torpe. Parecia que ele estava se preparando para rebater o que Eduardo havia dito para ele. Audrey conseguia dobrá-lo, mas um mero policial do Brasil, não. Mas não foi isso que aconteceu.

Com o olhar perdido, agarrou firmemente os pulsos de Audrey que seguravam sua camiseta e as fez soltá-lo. Audrey, que simplesmente estava assistindo as ações de Clayton, abriu as mãos e deixou os braços caírem ao lado do corpo. Olhava incrédula para ele. Ele abriu a boca como se fosse dizer alguma coisa, mas não saiu som algum. Deu um passo para trás ainda olhando para o nada. Em seguida, outro passo. Começou a se afastar lentamente, como se algo podre tivesse tomado conta da sala.

Eduardo e Vargas começaram a caminhar em direção a Clayton. Estava claro que ele pretendia fugir. Apesar de não ter muitos lugares para ir na Lua, ainda assim, ele conhecia aquele ambiente tão bem quanto eles. Até mesmo Pierre que havia passado poucos dias lá já tinha causado uma imensa dor de cabeça para os dois brasileiros, imagine alguém que conhece os corredores da Lua há meses.

-- Me deixem, por favor... – disse Clayton, com as mãos levemente para cima, próximo do corpo – eu, eu não fiz nada.

-- Dr. Christensen, por favor. Não torne as coisas mais difíceis... – começou a dizer Vargas, que Eduardo imaginou estar imensamente com raiva por não ter uma maldita arma na mão.

Clayton já havia tomado uns bons passos de distância de Audrey. Eduardo e Vargas estavam a meia distância dos dois, a medida que tentavam se aproximar de Clayton, quando uma voz forte e inquisitiva veio atrás deles. Era Audrey, com os olhos duros e ríspidos.

-- Por que está fugindo, seu covarde! Por que matou Juliano? O que você iria ganhar com isso! Me conta, seu desgraçado! Agora! – soltou um grito no fim.

Provavelmente as pessoas da Lua não estavam acostumadas com tantas emoções em tão pouco tempo. Várias pessoas estavam na recepção, assistindo o que se passava entre uma britânica e um germano-americano, com dois brasileiros no meio. Até mesmo os seguranças que foram chamados para o lugar nada faziam, apenas assistiam o desenrolar da tragédia.

-- Por favor... me conta... eu quero saber o que Juliano fez para você... – a voz rouca de Audrey de tanto gritar estava chorosa. Ela estava exausta de bancar a durona.

Eduardo viu quando Clayton parou de se afastar.

-- Eu... eu não queria que as coisas terminassem assim. Eu... juro, eu tentei impedir quando pensei melhor, mas... mas não consegui... eu... – Clayton pôs a mão no rosto. Ele estava vermelho e parecia que tentava fazer um esforço hercúleo para não chorar – fui no quarto dele na noite da sua morte para falar das amêndoas... mas... quando eu ouvi você rindo lá dentro, quando eu ouvi sua voz, quando eu ouvi você...

Eduardo lembrou quando estava analisando as câmeras de vídeo da Lua quando Clayton havia ficado de pé na porta do 129B por minutos e depois de desistir de bater, foi embora.

-- Quando eu ouvi você lá dentro com ele... eu fiquei com raiva. Eu... eu... eu sabia que não era o certo, eu quero que você saiba disso. Mas... quando eu vi que você estava com ele... eu... me desculpa – cobriu o rosto com as duas mãos.

-- O que você está dizendo, Clay? Que história é essa? – disse Audrey, se aproximando lentamente.

-- Eu me apaixonei desde quando pus os olhos em você, maldição! Por que você resolveu ficar com aquele brasileiro maldito! – confessou Clayton, olhando para Audrey fixamente. Parecia que ele puxaria todo o ar do complexo dentro de si. Ofegava e atropelava as palavras, em um inglês rápido que estava dando dor de cabeça em Eduardo.

-- Quê? – a voz de Audrey foi quase um assovio – você está dizendo que fez tudo isso por que estava... estava com ciúme de eu estar com Juliano? Você... você criou um jeito de matar Juliano por que gostava de mim? – disse, batendo a mão no peito.

Clayton abriu a boca para soltar alguma resposta que soasse convincente, mas Audrey sabia que não precisava esperar nada dele.

-- Que diabos você achou que ia acontecer? Ele ia morrer e eu iria cair em seus braços? Que espécie de conclusão idiota foi essa, Clayton! – gritou.

Eduardo viu que ouvir Audrey não o chamando apenas de 'Clay' foi mais dolorido do que ele achava que era para ser.

-- Eu nunca pensei que iriam investigar e...

-- Foi por isso que você ficava insistindo para deixar a investigação para lá? Pois sabia que podiam descobrir tudo. Você realmente achou que iria ficar com você simplesmente por que ele morreu e tudo bem? Pelo amor de Deus, você é patético, Clayton!

Clayton percebeu que estava perdendo Audrey de vez. "Como se fosse possível ela dar alguma chance sequer para refazer a amizade", pensou Eduardo. Antes de Clayton tentar dizer qualquer coisa, Audrey o soterrou com palavras:

-- E mais uma coisa: você era meu amigo, Clayton. Um amigo! O que você ouviu atrás da porta do quarto de Juliano? Eu rindo? O que mais? Você me ouviu tendo prazer? Foi isso? O que eu vivi naquele último dia com Juliano jamais consegui com você desde que nos conhecemos e você jamais seria capaz de chegar perto disso nem se vivesse 200 anos!

Aquilo derrubou Clayton. Eduardo percebeu que alguma chance de romance com Audrey transitou apenas na cabeça dele e nada mais. Audrey era uma moça linda e decidida, mas o seu coração já estava comprometido e ela nem sonhava em olhar para Clayton de outra forma além da amizade.

-- Se você queria mudar minha forma de te ver, Clayton, parabéns, você conseguiu: sua cara me dá asco! Não quero te ver nunca mais na minha frente! – Audrey saiu pisando dura em direção a algumas cadeiras da recepção que estavam atrás dela.

-- Vargas, cuide do Clayton – disse Eduardo, se dirigindo em direção a Audrey.

-- Até que enfim, puta merda! – disse Vargas, se virando em seguida para Clayton – Dr. Christensen, de acordo com a legislação internacional vigente e seguindo as normativas legais de meu país, o senhor está preso temporariamente por suspeita de assassinato por envenenamento de Juliano de Souza, por motivo torpe.

Clayton olhou para Vargas, que parecia não ter entendido nada do que ele havia dito. Sua cabeça não estava mais ali. Estava a anos-luz de distância, em um universo paralelo em que a ideia de matar um colega de laboratório faria que a mulher de seus sonhos caísse em seu colo.

Enquanto os seguranças, que até então apenas assistiram ao teatro na recepção do hospital, corriam para auxiliar Vargas, Eduardo chegou ao lado de Audrey, que estava sentada em uma das cadeiras da recepção. Com a cabeça apoiada em ambas as mãos, chorava copiosamente. O fato de seus gritos de dor serem audíveis à distância não a impediam de chorar ainda mais.

Tentou afagar Audrey do jeito que podia e, enquanto observava Clayton ser levado por Vargas e seguranças, viu o suspeito dar uma última olhada para trás, sendo sua atenção chamada depois do choro alto de Audrey. Poucas vezes Eduardo viu os olhos de alguém demostrarem arrependimento. Os olhos que viu em Clayton era próximos disso, mas tinham algo a mais. Eram olhos de alguém que havia prometido a si mesmo nunca permitir que sua amada chorasse por nenhum motivo.

O som do choro de Audrey era o pior som que existia no universo para Clayton. pois ele traduzia sem floreios o seu significado: que ele havia traído a si mesmo.

Epílogo

Eduardo via o décimo dia de sua estadia na Lua passar de forma lenta. Após o furor dos últimos dias, desde a prisão temporária, a qual aguardavam a justiça brasileira transformar em definitiva até julgamento de Clayton, passando por ameaças públicas e veladas por parte da diretoria da Lua sobre o caso que, naturalmente, havia alcançado os ouvidos da mídia. Afinal de contas, que imprensa no universo não quer falar sobre o circo pegando fogo, ainda mais num circo de bilhões de dólares que foi construído na Lua?

Vídeos de turistas e funcionários que registraram o breve caos no espaçoporto fez com que as Nações Unidas, uma das principais responsáveis pela colônia humana na Lua, tomasse medidas enérgicas. Naturalmente transformar alguns diretores em ex-diretores da empreitada era o mínimo que a opinião pública pedia. Claro que as ações da polícia brasileira não foram esquecidas. Apesar dos elogios em terem solucionado o que já diziam ser o primeiro caso documentado de assassinato premeditado humano fora da Terra, a forma a qual a investigação andou não foi muito bem visto por parte das pessoas. As atitudes dos agentes da lei foram questionadas algumas vezes, principalmente quando um dos seguranças deu uma entrevista via videochamada falando sobre "um dos policiais ter tomado sua arma de choque sem autorização para neutralizar um suspeito que não havia sido formalmente acusado de nada".

Contudo, o que acelerou a coisa toda foi o teatro que se desenrolou na recepção do hospital. Todo mundo viu Clayton confessar seu envolvimento. A opinião pública, sobretudo a brasileira, estava formada. A polícia americana disse que gostaria de colaborar com a investigação, apesar de não haver mais nada relevante a ser investigado. O governo dos EUA já entrava com recursos para evitar que o primeiro crime fora da Terra tivesse um desfecho tão ruim. Queriam, entre outras coisas, que Clayton fosse julgado em solo americano. Apesar de conhecer as normas internacionais que vigoravam no espaço – os quais eram signatários – acreditavam que conseguiriam responder de forma mais eficiente julgando um cidadão americano em seu próprio solo que o deixar a mercê da justiça brasileira, coisa que o Brasil não queria abrir mão. O consulado do Brasil e dos EUA nunca estiveram tão ocupados e os diplomatas não sabiam mais para onde voar para se encontrarem e resolverem essas pendências.

Apesar de relatórios ainda não terem sido escritos e apresentações formais ainda não terem sido montadas, os humores dos superiores de Vargas e Eduardo divergiam no Brasil. Apesar das críticas das ações dos dois na Lua, a maioria considerava que o saldo foi muito positivo. Claro que muito teria que ser conversado pessoalmente quando eles voltassem para a Terra, mas que o principal, a resolução do caso Juliano, havia sido concluído com sucesso.

As análises posteriores das amostras que haviam mandado dias antes para a Terra confirmaram as confissões e amarraram a história como um todo. As amêndoas que Juliano havia comido eram realmente da variedade amarga que tinham uma alta concentração de cianeto. As amostras de sangue de Audrey que foram colhidas quando ela deu entrada no hospital também confirmaram a hipótese de envenenamento. Felizmente para ela, não gostar de amêndoas fora sua salvação.

Já passava das oito da noite no relógio do refeitório, mas as janelas mostravam que o Sol estava visível. Um pedaço de torta de legumes na sua frente soltava um pouco de fumaça indicando que ainda estava quente. Eduardo estava revendo algumas coisas em seu papel eletrônico quando ouviu alguém chegando próximo a ele.

-- Eduardo?

-- Oh, olá Audrey. Como está?

-- Bem. Vivendo cada dia de uma vez.

-- E quanto a tudo que aconteceu? – disse, indicando uma das cadeiras vazias perto dele.

-- Ainda estou digerindo o que se passou, sabe. Se alguém me contasse tudo isso, eu teria ficado com o pé atrás, mas como vivi isso, sei como as coisas podem ser estranhas, mesmo no mundo da Lua – sorriu – chega a ser estranho pensar que tudo ocorreu do jeito que ocorreu se ele, Clay, simplesmente tivesse aberto e boca e falado comigo antes, sabe. Talvez nada disso tivesse acontecido. Gente que se apaixona e depois desapaixona ou tem uma depressãozinha por que descobre que a pessoa que você gosta está com outra pessoa acontece o tempo todo, não é? Pelo menos na Terra é assim. Será que a Lua mexe com a cabeça da gente?

-- Olha, isso realmente não sei. As pessoas, mesmo as que julgamos tão retas e centradas, podem perder a cabeça de vez em quando. O problema é que, quando isso acontece, geralmente o estrago é grande. Mas, e com você? Vai ficar tudo bem?

-- Ainda sinto muita falta de Juliano. Praticamente todos os lugares aqui na Lua me lembram ele. A cafeteria logo ali, que ele adorava passar algumas tardes; o laboratório onde fazíamos nossas pesquisas; os nossos fins de semanas e... enfim, acho que você entendeu. Sei que é um passo de cada vez, mas parece que abriram um buraco dentro do meu peito, sabe.

Eduardo apoia a mão no ombro de Audrey e acena com a cabeça. Nunca perdera alguém dessa forma, mas a empatia que tinha o fazia sentir algo semelhante ao que ela descrevia.

-- Bom, gostaria de agradecer o senhor e seu colega por permitirem que eu recolhesse os bens pessoais de Juliano. Mandarei a maioria deles para seus pais na Terra – disse Audrey, se recompondo depois de segurar uma lágrima teimosa que apareceu em seus olhos.

-- Ora, era o mínimo que podíamos fazer depois de tudo que aconteceu.

-- O seu amigo, onde está?

-- Vargas? Ele aproveitou o dia para conhecer a Lua. Chegou tão cansado que disse que ia tomar um banho e desmaiar no quarto.

Audrey riu.

-- Eu imagino como ele está se sentido. A minha primeira vez passeando na Lua foi assim. Mas eu ainda tive que carregar mais de 40 quilos de pedra em bolsas especiais.

-- Meu Deus, tudo isso?

-- Não se preocupe, isso dá menos de sete quilos na Lua. Não se esqueça da gravidade, doutor – ela disse, rindo. Eduardo deu um tapa na testa, se esquecendo deste pequeno detalhe. Ele mesmo havia se acostumado a andar mais leve na Lua nos últimos dias – o que cansa mesmo são as roupas e o andar desengonçado que ela faz na gente. O senhor não foi?

-- Pensei em ir e aproveitar que estou aqui, mas não estava com cabeça para isso. Talvez vá amanhã. A diretoria da Lua meu deu uma cortesia muito boa para voltar para a Lua novamente com a minha família. Uma forma de desculpas depois que vazou um vídeo de um ex-diretor daqui nos ameaçando. Apesar de ser meio imprudente voltar para um lugar onde nos ameaçaram, a ideia ainda é tentadora.

Audrey riu novamente. Eduardo deu um sorriso. Apesar do que havia acontecido, ela parecia ser bem resiliente e estava, aparentemente, conseguindo viver um dia de cada vez.

-- E preciso te contar uma coisa: tecnicamente, eu estou de férias.

-- Não brinca. Tiraram o senhor de suas férias para se aventurar na Lua?

-- Agradeça ao Vargas quando o ver. Foi culpa dele.

-- Agradecerei – disse, rindo. Em seguida, com um leve sorriso nos lábios, Audrey pega nas mãos de Eduardo, que a observa – obrigada, Eduardo.

Eduardo ficou observando Audrey dizer aquilo. Antes de abrir a boca para falar qualquer coisa, Audrey falou:

-- E aí, meu português está certo? – perguntou, em inglês.

-- Incrivelmente certo. Claro que o sotaque te denuncia, mas falou muito bem.

-- Essa foi uma das palavras que Juliano me ensinou. A primeira que eu aprendi com ele foi – e, mudando para português – eu te amo.

Um arrepio correu por dentro de Eduardo enquanto observava Audrey dizer aquilo enquanto ficava levemente vermelha. Ela não apenas dizia da boca da fora, ela havia absorvido o significado de cada palavra e entendia o quão profundo devia ser para Juliano ouvir da boca de sua amada ela dizendo em português que o amava.

Audrey soltou a mão de Eduardo e, com um aceno na cabeça, levantou de onde estava e soltou um adeus sussurrado enquanto se afastava.

Assim que se afastou, Eduardo ficou observando ela ir de encontro a uma moça, que parecia ser uma amiga de laboratório. Ela sorriu ao se encontrar com ela e sumiram por um dos corredores que se ligavam ao refeitório.

Depois de ler mais algumas linhas do que estava em seu papel eletrônico, dobrou-o e pôs no bolso. Terminou de comer a torta que havia esfriado um pouco e tomou água lunar para empurrar tudo para baixo. Enquanto observava os pesquisadores e funcionários indo para lá e para cá no refeitório, cada um com sua cultura e cada um com sua vivência, Eduardo puxou o celular do bolso e tocou na tela.

Realmente é bom ouvir a voz de quem a gente ama.

Fim